俄罗斯的茅盾研究与作品翻译

本书首次系统梳理
茅盾作品在俄罗斯的近百年译介历程
通过珍贵手稿和译本比较
揭示《子夜》《蚀》等经典作品的跨文化重构
同时，聚焦俄罗斯汉学家的创造性诠释
展现文学经典在异域文化中的
鲜活生命力

王玉珠◎著

Mao Dun in Russia:
Research and Literary Translations

中央民族大学出版社
China Minzu University Press

图书在版编目（CIP）数据

俄罗斯的茅盾研究与作品翻译 / 王玉珠著 . -- 北京：中央民族大学出版社，2025. 8. --ISBN 978-7-5660-2538-8

Ⅰ. I206.7；H355.9

中国国家版本馆 CIP 数据核字第 20256N06S3 号

俄罗斯的茅盾研究与作品翻译
ELUOSI DE MAODUN YANJIU YU ZUOPIN FANYI

著　　者　王玉珠
策划编辑　杜星宇
责任编辑　杜星宇
责任校对　陈小红
封面设计　舒刚卫
出版发行　中央民族大学出版社
北京市海淀区中关村南大街 27 号　　邮编：100081
电话：（010）68472815（发行部）　　传真：（010）68933757（发行部）
（010）68932218（总编室）　　（010）68932447（办公室）
经 销 者　全国各地新华书店
印 刷 厂　北京鑫宇图源印刷科技有限公司
开　　本　787×1092　1/16　　印张：11
字　　数　153 千字
版　　次　2025 年 8 月第 1 版　2025 年 8 月第 1 次印刷
书　　号　ISBN 978-7-5660-2538-8
定　　价　55. 00 元

目　　录

绪论 ……………………………………………………………… 1

一、选题缘由及意义 …………………………………………… 1

二、研究内容和研究方法 ……………………………………… 5

三、国内外相关研究综述 ……………………………………10

四、研究创新点 ………………………………………………12

第一章　俄罗斯的茅盾研究与作品翻译综述 ………………13

第一节　俄罗斯茅盾研究的发展历程 ………………………13

一、初始阶段：1925—1948 年 ………………………………13

二、繁盛阶段：1949—1959 年 ………………………………16

三、观望阶段：1960—1976 年 ………………………………18

四、复苏阶段：1977—1991 年 ………………………………21

五、缓慢发展阶段：1991 年至今 ……………………………21

第二节　主要研究者及著作介绍 ……………………………23

一、费德林和利希查 …………………………………………24

二、索罗金的《茅盾的创作道路》与叶子铭的《论茅盾四十年的文学道路》 ……………………………………………………37

第二章　茅盾作品的俄译本分析 ……………………………47

第一节《子夜》俄译研究 ……………………………………47

一、《子夜》的三个俄译本 ……………………………………47

二、《子夜》俄译本中语言风格的传递 ……53
第二节　茅盾短篇小说俄译研究 ……77
一、体现独特的社会生活 ……78
二、表现丰富的文化内涵 ……81

第三章　俄罗斯的茅盾创作研究……86
第一节　茅盾——俄罗斯文学的积极接受者 ……86
第二节　茅盾长篇小说在俄罗斯的研究 ……93
一、《蚀》三部曲 ……95
二、《虹》……98
三、《子夜》……100
四、《腐蚀》……107
第三节　俄罗斯学界对茅盾文艺批评观点的阐释 ……110
一、革命民主主义“为人生”的文艺观 ……111
二、“为无产阶级”的文艺观——《论无产阶级艺术》
（«О пролетарском искусстве»）……117
三、茅盾对文艺批评的贡献 ……119
第四节　茅盾短篇小说在俄罗斯的研究 ……122
第五节　聚焦学术问题的阐释 ……130
一、利希查论“茅盾笔下的女性形象”……130
二、戈列洛夫论“茅盾小说中的自然描写”……133
第六节　弗·鲁德曼论茅盾 ……136
一、“中国革命作家——茅盾”……137
二、茅盾创作的影响因素 ……147
第七节　茅盾研究的缓慢发展 ……150

结论　俄罗斯的茅盾研究风格与特色回眸 …………………… 154
一、对茅盾的多身份考察 …………………… 154
二、对作品中时代性的高度关注 …………………… 155
三、创作研究局限于名篇小说 …………………… 156
四、偏重于社会历史分析 …………………… 156

参考文献 …………………… 158

绪　论

一、选题缘由及意义

作为地理相邻的战略伙伴，中俄两国在历史渊源与文化传承方面具有深厚的共通性，双方在人文领域的交流与合作源远流长。俄罗斯的汉学研究可追溯至18世纪初期，迄今已形成系统性的学术体系，其中中国文学研究作为重要分支取得了显著成就。中国文学在俄罗斯的传播与研究已有两个半世纪的历史，俄罗斯汉学界秉承以阿列克谢耶夫为代表的学术范式，坚持翻译实践与理论研究并重的治学路径，推动中国文学的世界化进程。纵观俄罗斯学界的中国文学研究，其研究视域涵盖文学史的各个时期，学术成果呈现多元化特征。尽管中国古典文学始终是研究重点，但现当代文学研究同样取得了系统性突破。俄罗斯学者在保持严谨学术规范的同时，既注重挖掘中国文学的精神内核，又密切关注反映时代特征的中国现当代作家创作动态，茅盾及其文学创作即是其重要研究对象之一。

茅盾（1896—1981），原名沈德鸿，字雁冰，是中国现代文学史上具有重要影响力的作家、文学理论家、翻译家和社会活动家。作为新文学运动的先驱之一，其文学创作与理论建构对中国现代文学的发展产生了深远影响。1927年，茅盾以长篇小说《幻灭》的发表正式确立其小说家地位。

在其丰富的文学创作中，茅盾以宏大的叙事视角和精湛的艺术手法，系统性地展现了现代中国社会各历史时期不同阶层的生活图景，构建了一幅反映社会变迁的文学史诗。其小说创作不仅引领了当时文学创作的潮流，更为中国现实主义文学传统奠定了重要基础。在散文创作领域，茅盾的代表作《白杨礼赞》《风景谈》等作品，以其深邃的思想内涵和精湛的艺术表现力，被学界公认为继鲁迅之后中国现代散文的重要成就。20世纪30年代，其散文作品更被誉为"认识人生、学习写作的典范文本"。戏剧理论与创作方面，茅盾早期即在《小说月报》等刊物系统引介西方戏剧理论，形成了独具特色的戏剧观。其唯一的话剧作品《清明前后》开创性地以民族工业为题材，运用小说创作的细腻笔法，艺术地再现了1945年重庆"黄金案"这一历史事件，剧中人物形象塑造鲜明生动，具有重要的文学史价值。作为文学批评家，茅盾建立了系统的文学理论体系，并通过创作实践不断验证和发展其理论主张。作家的批评实践不仅积累了丰富的学术经验，更对中国现代文学批评的理论建构产生了深远影响。在翻译领域，茅盾于1920—1949年广泛译介了包括莫泊桑、梅特林克、裴多菲、热罗姆斯基等在内的多国作家的文学作品，涉及25个国家52位作家的短篇小说及10个国家12位作家的戏剧作品。这些翻译工作不仅为中国读者提供了重要的外国文学资源，更为比较文学研究提供了丰富的文本基础。茅盾在多领域的卓越成就，不仅体现了其作为文学全才的杰出贡献，更彰显了其在中国现代文学史上的重要地位。其文学遗产至今仍对中国文学研究产生着持续而深远的影响。

然而，在获得广泛赞誉的同时，茅盾的文学创作与理论主张也不可避免地面临着学术界的争议与批评。值得关注的是，部分研究者往往采用预设的批评立场来解读茅盾作品，这种研究范式存在明显的局限性：其一，忽视了作家所处的特定历史语境；其二，弱化了创作主体的思想独特性。这类研究大多聚焦于作品的政治意识形态层面，而缺乏对文本艺术价值的深度开掘。这种简单化的批评方式，不仅曲解了茅盾的文学理念和创作实践，也在一定程度上消解了其在中国现代文学史上的重要地位。若将茅盾的创作置于中国现代文学发展的历史脉络中进行考察，我们可以清晰地认识到其文学作品与思想观念在本质上是对特定时代的精神折射。作为历史转型期的见证者与参与者，茅盾以开放包容的姿态吸纳了时代的各种思想潮流——无论是进步的还是局限的。正如其笔名“茅盾”所暗示的，他的创作历程充满了思想上的彷徨与艺术上的探索，但正是在这种不断的自我调适中，茅盾最终完成了从文学革命到革命文学的转型，推动了中国新文学的现代性发展。这种复杂而真实的创作轨迹，恰恰体现了现代知识分子在历史变革中的典型心路历程。

作为中国现代文学史上成就卓著却备受争议的重要作家，茅盾不仅在中国的文学谱系中占据关键地位，同时也成了俄罗斯汉学界研究中国现代文学的重要对象。史料表明，1929年列宁格勒出版的鲁迅短篇小说集《阿Q正传》与莫斯科出版的中国短篇小说选集《正传》，标志着中国现代文学在俄罗斯系统传播的开端。值得注意的是，茅盾与鲁迅共同成为俄罗斯学界最早关注的中国现代作家代表。1934年，汉学家涅克拉索夫（Н. Некрасов）在俄文版《世界文学》上发表的《春蚕》(«Весенний шелк»）译作，正式开启了俄罗斯茅盾研究的学术历程。在长达九十余年的研究史中，俄罗斯学界形成了专业的茅盾研究学术群体，产生了包括鲁德曼（Вл. Рудман）、索罗金（В. Ф. Сорокин）等在内的多位专门研究者，相继出版了《茅盾创作道路》(«Творческий путь Мао Дуня»）等学术专著，并发表了大量具有学术价值的研究论文。经过数代学者的积累与开拓，当前俄罗斯的茅盾研究已形成系统化的学术体系，其研究成果不仅丰富了作家个案研究的维度，更成为海外中国现代文学研究领域的重要组成部分。这一学术传统的确立与发展，既体现了茅盾文学创作的跨文化价值，也彰显了中俄文学交流的深度与广度。

然而，一个值得深思的学术现象是：与俄罗斯学界丰硕的中国文学研究成果形成鲜明对比的是，中国学术界对这一领域长期缺乏足够的关注与回应。20世纪80年代以来，随着中国比较文学学科的复兴，学界开始逐渐重视中国文学在海外传播与接受的研究。但令人遗憾的是，当前国内研究主要聚焦于欧美国家的中国文学研究，相关译介、丛书和研究专著层出不穷，而对俄罗斯的中国文学研究则相对冷落。造成这种学术失衡的原因主要体现在以下两个方面：首先是受语言障碍的限制，俄语作为重要的学术语言在中国外语教育中的弱势地位，直接影响了研究资料的获取与解读；更深层次的原因则在于学术认知的偏差，中国学界对俄罗斯汉学研究的价值存在一定程度的低估。总体而言，国内对俄罗斯中国文学研究的关注仍停留在较浅层次，这一重要研究领域的缺失，既与俄罗斯作为中国研究重要国家的学术地位不相称，也有悖于中国深厚的文学研究传统，更不利于全球化语境下多元文化的深度交流。现有资料显示，针对俄罗斯茅盾研究这一具体领域，中国学界仅存少量介绍性文章，且多停留在简单综述层面，缺乏系统性的深度研究。这种研究现状与我国日益提升的国际地位和学术发展需求存在明显差距。有鉴于此，本书将以“茅盾在俄罗斯的翻译与研究”为课题，通过系统梳理俄罗斯学界九十余年的研究成果，深入分析其研究范式与学术特色，以期补充这一重要的学术成果，推动中俄文学交流研究的深入发展。

俄罗斯学界在长期的茅盾研究过程中形成了独特的研究范式与学术视角。著名学者任继愈先生称：“西方学者接受近现代科学方法的训练，由于他们置身局外，在庐山以外看庐山，有些问题国内学者司空见惯，习见不察，外国学者往往探骊得珠 …… 时时迸发出耀眼的火花。”[①] 俄罗斯学者基于其特有的知识体系和文化背景，运用本土化的研究理念和方法论对

① 任继愈：《汉学的生命力》，见《国际汉学》（第1辑），商务印书馆1995年版。

茅盾作品进行阐释，这种跨文化的解读视角具有重要的参照价值，不仅能够丰富我们对茅盾创作的文化认知，更能拓展本土茅盾研究的理论视野。正如巴赫金所言："理解只有在对话中才能实现其完整性。"俄罗斯汉学界的茅盾研究正为我们提供了这样一个宝贵的对话维度，使我们能够通过"他者"的视角反观自身的研究局限，进而推动茅盾研究向更深层次发展。因此，系统梳理和深入分析俄罗斯的茅盾研究成果，对于构建更加全面、立体的茅盾研究体系具有重要的学术意义。

二、研究内容和研究方法

本研究以俄罗斯学界对茅盾文学的接受为研究对象，从翻译传播与学术研究两个维度展开系统考察。在跨文化传播视域下，翻译与研究构成密不可分的接受整体，这一特点在俄罗斯的茅盾接受中表现得尤为显著。

首先，翻译作为文学跨文化传播的基础性环节，其重要性体现在三个层面：其一，译本质量直接关系到接受效果，包括语言转换的准确性、文学风格的再现度以及文化意象的传达策略；其二，翻译选择反映接受取向，不同时期译作题材的变化、经典作品的复译现象以及未译作品的潜在意义，都值得深入分析；其三，俄罗斯读者对中国文学的认知主要依赖译本，这使得翻译研究成为理解接受过程的关键。

其次，俄罗斯茅盾研究的独特传统决定了本研究的方法论路径。以阿列克谢耶夫为代表的学术传统强调翻译与研究的有机结合，形成了学者 — 译者的双重身份模式。以弗·鲁德曼为例，他既是《中国革命作家 —— 沈雁冰》《茅盾的创作道路》等重要研究著作的作者，又是《子夜》俄译本的主要译者之一。这种双重身份造就了独特的阐释循环：翻译实践催生理论思考，理论洞见又反哺翻译实践。特别值得注意的是，《子夜》作为茅盾创作的代表作，其俄译本在俄罗斯的接受史上具有特殊地位。该译本不仅影响了普通读者的阅读体验，更在很大程度上引导了后续学者的研究方向。译本中的词语选择、注释内容和序跋观点，都隐含着特定的批评立场和研究视角。因此，将译本纳入研究范畴，是全面把握俄罗斯茅盾接受史的必然要求。

本研究从翻译与学术研究两个维度考察茅盾在俄罗斯的接受状况，这一研究路径的确立具有坚实的学理依据。从学科归属而言，俄罗斯的茅盾接受研究本质上属于比较文学的学科范畴。

比较文学是兴起于19世纪末20世纪初的学科，是文学研究的一个分支。关于它的定义，古今中外争论不休。我国学者曹顺庆在整合国内外学者研究成果的基础上，将比较文学定义如下：比较文学是不同国家、不同文明和不同学科之间的跨越式文学比较研究[①]。这一概念指明了比较文学的基本特征，即文学跨越性，从而确定了比较文学的研究范围和研究对象。“比较文学的跨越性研究的范围主要体现在跨国界研究、跨学科研究以及跨文明研究三个层面”[②]，比较文学是在民族文学之间，在文学与其他学科之间、东西方文明之间进行比较研究，展开新的探索。而我们的课题“俄罗斯的茅盾接受研究”，旨在探讨中国现代作家茅盾在俄罗斯这一异域国度的被接受状况，正是跨越了国家、民族的界限，属于两种民族文学之间的比较研究，因而该课题可以置于比较文学的框架之下，属于比较文学的范畴，可以用比较文学的研究方法进行分析。

曹顺庆指出，比较文学经历了三个理论发展阶段，以法国学派理论为核心的第一阶段，以美国学派理论为核心的第二阶段，以正在形成中的中国学派理论为核心的第三阶段。比较文学的实质在不同的发展阶段有着不同的内涵，目前为止，学术界形成了以“影响研究”“平行研究”和“变异学研究”为三大支点的比较文学学科体系。其中变异性研究是中国比较

---

① 曹顺庆主编：《比较文学概论》，中国人民大学出版社2011年版，第5页。

② 曹顺庆主编：《比较文学概论》，中国人民大学出版社2011年版，第11页。

文学学科理论的一大收获，也是比较文学发展到第三阶段的核心问题。比较文学变异学的研究范围包括五个层面：（1）跨国变异研究；（2）跨语际变异研究；（3）文学文本变异研究；（4）文化变异学研究；（5）跨文明研究。这五个层面的研究共同构成了比较文学变异学的研究领域，整个比较文学变异学的提出为我们提供了一种全新的研究视角和研究方法。

比较文学变异学中的跨语际变异研究和文学文本变异研究为本书提供了理论支撑。跨语际变异研究是语言层面的研究，典型代表是译介学，即“研究文学现象通过翻译，跨越了语言的藩篱，最终被接受者接纳的过程”①。谢天振在《译介学》中指出：“译介学最初是从比较文学中媒介学的角度出发，目前则越来越多的是从比较文化的角度出发对翻译（尤其是文学翻译）和翻译文学进行的研究。”也就是说，译介学跨出了媒介学的范畴，试图从最初对语词翻译的关注转向对语词的变异的关注。关于译介学的实质，谢天振认为：“一种文学研究或文化研究，因为它并不局限于某些语言现象的理解与表达，也不参与评论其翻译质量的优劣，它把翻译文本作为一个既成的历史事实进行研究，把翻译过程以及翻译过程中涉及的语言现象作为文学研究或文化研究，而不是外语教学研究的对象加以审视和考察。”② 译介学在比较文学的背景之下赋予了翻译更丰富的内涵，本书考察茅盾作品在俄罗斯的翻译无疑正是追求这种将“语言现象作为文学研究或文化研究”，不简单评判译本的翻译质量，而是着力探究译本背后译者的文学态度和文化观点。

除此之外，比较文学变异学中的文学文本变异研究还为本课题的另一方面内容——作家、作品研究提供了参照。文学文本变异研究以文学接受研究为代表。“文学文本是比较文学研究的基点，文学文本在流通过程

① 曹顺庆主编：《比较文学概论》，中国人民大学出版社2011年版，第5页。

② 谢天振：《译介学导论》，北京大学出版社2007年版，第6页。

中可能存在的变异也就成为比较文学研究的对象。”① 不同文化、文明圈的接受者在阅读过程中，对同一种文学的价值取向与意义理解会产生认识上的差异。俄罗斯对茅盾本人及其作品的研究开始于20世纪30年代，从最初简单的原文内容阐释到现在的探究作品的艺术内涵，研究内容和研究角度不断拓展并深化。但与此同时，我们也发现针对某些问题的观点会因接受时代、环境、接受者的不同而产生变化。因而，在本课题研究中我们将运用文学文本变异研究相关理论对茅盾作品在俄的研究状况进行深入挖掘，展现其变化特征及原因。

除了比较文学相关理论外，本课题还以接受美学为学理依据。接受美学是以文艺作品的接受为核心、以现象学和解释学为基础发展起来的美学理论。它一度和精神分析批评、新批评派诗学、神话原型批评以及结构主义批评一道成为二十世纪乃至二十一世纪对我国文学研究影响最大的西方文学理论。正如季羡林先生所言：“接受美学流行时间比较长，流行的地区比较广，它之所以至今流传不衰，是有道理的。”② 同时我们也回避接受美学回避美的本质、艺术的本质，主张一种绝对的相对主义的局限性和理论弱点。不过接受美学中对文学史的新定义确实为我们提供了文学研究的新方法。

传统的文学史仅将文学的创作和美学表现列入考察范围，局限在了作者和作品的历史范畴，忽视了读者在文学史中的作用，是一种作家 — 作品的二维批评模式。而接受美学的创始人姚斯驳斥了这种传统：“在这作者、作品和大众的三角形之中，大众并不是被动的部分，并不是仅仅作为一种反应，相反，它自身就是历史的一个能动的构成；一部文学作品的历

① 曹顺庆主编：《比较文学概论》，中国人民大学出版社2011年版，第152页。

② 季羡林：《〈文学解读与美的再创造〉序》，见龙协涛《文学解读与美的再创造》序言第7页，台湾时报文化出版企业有限公司1992年版。

史生命如果没有接受者的积极参与是不可思议的。”① 在姚斯看来，文学作品的价值取决于创作意识和接受意识两个方面。也就是说，一部作品的文学史不仅要体现作家的创作意图，同时也要包含作品对读者的影响和效果。因而，他要建构的文学史模式是作家—作品—读者的三维批评模式。文学史不应只关注作家、作品，同时应关注读者。与此同时，“一部文学作品并不是一个自身独立、对每一时代的每一读者均提供同样的观点的客体；它不是一尊纪念碑，形而上学地展示其超时代的本质；它更多地像一部管弦乐谱，在演奏中不断获得读者新的反应，使本文从词的物质形态中解放出来，成为一种当代的存在。”② 可见，姚斯眼中的文学作品并不是静止、隔绝的客体，不是亘古不变的“纪念碑”，而是作家、作品和不同时期的不同读者共同演奏出的管弦乐。至此，作家—作品的二维批评模式，被作家—作品—读者的三维批评模式所取代。除此之外，姚斯还认为“如果文学史从一种连续性的作品与读者间对话的视野去观察，那么，文学史研究的文学方面与历史方面的对立可不断地得以调节。”③ 姚斯进一步解释文学与读者的历史关系：“第一个读者的理解将在一代又一代的接受之链上被充实和丰富，一部作品的历史意义就是在这过程中得以确立，它的审美价值也是在这过程中得以证实”。④ 姚斯把文学史看成作家及其文学作品与不同时代的读者进行对话交流的过程，在反拨传统文学史定义的同时，创立了一种全新的文学史式样。

---

① [德]姚斯、[美]霍拉勃：《接受美学与接受理论》，周宁、金元浦译，辽宁人民出版社1987年版，第24页。

② [德]姚斯、[美]霍拉勃：《接受美学与接受理论》，周宁、金元浦译，辽宁人民出版社1987年版，第26页。

③ [德]姚斯、[美]霍拉勃：《接受美学与接受理论》，周宁、金元浦译，辽宁人民出版社1987年版，第24页。

④ [德]姚斯、[美]霍拉勃：《接受美学与接受理论》，周宁、金元浦译，辽宁人民出版社1987年版，第25页。

在研究中我们发现，俄罗斯茅盾研究并不是一蹴而就的，而是经历了五个阶段：（1）初始阶段：1925—1948年；（2）繁盛阶段：1949—1959年；（3）观望阶段：1960—1976年；（4）复苏阶段：1977—1991年；（5）缓慢发展阶段：1991年至今。针对这一现象，我们借鉴了接受美学的文学史观念，将茅盾在俄罗斯的接受视为一个动态发展的历史整体。这种研究视角使我们能够超越对个别研究成果的孤立分析，转而从宏观上把握各个时期研究范式的转变、学术话语的演进以及阐释重点的迁移。通过这种历时性的考察，我们不仅能够梳理俄罗斯茅盾研究的学术脉络，更能揭示不同历史时期中俄文学交流的深层机制，从而实现对这一跨国文学接受现象的全面把握。这种研究路径既尊重了学术发展的内在逻辑，也充分考虑了社会文化语境对研究取向的影响。

三、国内外相关研究综述

本研究以茅盾在俄罗斯的翻译与研究为对象，通过对大量原始文献的系统梳理，构建了完整的研究资料体系。这一资料体系主要由三个部分组成。

第一部分聚焦海外汉学研究文献。笔者系统考察了国内出版的各类海外中国研究丛书，包括江苏人民出版社“海外中国研究丛书”、商务印书馆“海外汉学研究丛书”等综合性文献，以及张西平《西方汉学十六讲》等专题著作。特别是对俄罗斯汉学研究的代表性成果，如《俄苏中国学手册》、李明滨的《俄罗斯汉学史》《中国文学在俄苏》《中国文化在俄罗斯》《中俄文化交流志》《俄罗斯汉学史》，闫国栋编著的《俄罗斯汉学三百年》和《俄国汉学史》，朱达秋翻译的《俄罗斯作家笔下的中国形象》等进行了深入研读，从而全面把握了俄罗斯汉学发展的历史脉络和学术特征。

第二部分系统整理了俄罗斯茅盾作品的译介史料。研究发现，俄罗斯对茅盾的译介始于1934年涅克拉索夫翻译的《春蚕》，此后经历了三个明显的译介阶段：20世纪30—40年代的初期译介阶段，以《子夜》片段和短篇小说为主；20世纪50—60年代的全面译介阶段，出现了多部小说集和《茅盾选集》；20世纪70年代以后的深化译介阶段，包括作品重译和精选集出版。这些译介活动呈现出从片段到完整、从单一到多元的发展轨迹，反映了俄罗斯对茅盾文学接受的不断深化。

第三部分着重分析俄罗斯学界的茅盾研究成果。通过梳理从早期鲁德曼的作家研究到后期索罗金的系统性论述，可以发现俄罗斯茅盾研究经历了从政治解读到文学分析、从单一视角到多元阐释的范式转变。特别是对《子夜》《腐蚀》等代表作品的反复译介和重新阐释，体现了俄罗斯学界对茅盾文学价值的持续探索。

第四部分系统梳理了国内学界关于茅盾研究的丰硕成果。作为本研究的理论基础和重要参照，国内茅盾研究历经近一个世纪的学术积累，已形成蔚为壮观的研究体系。自20世纪20年代茅盾文学创作伊始，国内学界就展开了持续而深入的研究探索，其研究范畴涵盖了作品评论、思想解析、艺术特征、文学史定位等多个维度，研究成果以专著、论文、评论等多种形式呈现，数量之巨堪称汗牛充栋。这些研究不仅为理解茅盾的文学成就奠定了坚实基础，更为我们考察俄罗斯茅盾接受状况确立了必要的参照系。只有在对国内研究成果形成整体认知的前提下，我们才能在中俄学术对话的视野中，准确辨识两国学者研究视角、方法和结论的异同，进而深入探究这些差异背后的文化逻辑和学术传统。尽管受篇幅所限，本书无法对国内茅盾研究进行详尽阐述，但这些成果始终是本研究的理论根基和方法论源泉。

四、研究创新点

本研究的学术创新主要体现在以下四个方面。

首先，在文献发掘方面具有开创性价值。本研究首次系统搜集整理了俄罗斯关于茅盾及其作品的第一手俄文文献资料，包括原始译本、评论文章和学术专著等，构建了迄今为止最为完整的俄罗斯茅盾研究文献库。这些珍贵的一手资料不仅填补了该领域的资料空白，更为后续研究奠定了坚实的文献基础。

其次，在研究视角上实现了重要突破。作为首部对俄罗斯茅盾翻译与研究进行系统性考察的学术成果，本研究创新性地将翻译传播与学术研究视为有机整体，深入探讨两者的互动关系。这种双重视角不仅完整呈现了茅盾在俄罗斯的接受全貌，也为中国文学海外传播研究提供了新的方法论启示。

再次，在文本分析层面具有开创性意义。本研究首次从语言转换和文化阐释两个维度，对《子夜》《春蚕》等茅盾代表作的俄译本进行了细致的对比分析。通过大量实例，揭示了俄译者在处理文学风格、文化意象时的翻译策略，开创了茅盾作品俄译研究的先河，为文学翻译研究提供了典型个案。

最后，在研究方法上实现了多维创新。本研究突破简单的文献梳理，采用历时性与共时性相结合的研究路径：纵向梳理俄罗斯茅盾研究的演进轨迹，横向对比中俄学界的研究差异。通过构建“俄—中—我”的三维对话空间，既客观呈现俄罗斯的研究特色，又反观中国本土研究的特质，最终形成具有独创性的学术见解。这种多维度的研究方法，为比较文学研究提供了新的范式参考。

第一章　俄罗斯的茅盾研究与作品翻译综述

第一节　俄罗斯茅盾研究的发展历程

1934年，涅克拉索夫翻译的《春蚕》在俄文《世界文学》上的发表，成为俄罗斯茅盾译介之滥觞。在这浩浩荡荡九十余年的茅盾研究历程中，出现了多位茅盾研究专家、学者，出版了多部学术专著并发表了多篇学术论文。值得一提的是，自古以来，俄国汉学就具有很强的实用目的和政府导向。中俄关系的变化和俄罗斯的政策风向自然而然成为影响汉学家研究的主要因素。受这一因素影响，俄罗斯汉学家们的译介和研究成果在不同时期呈现出不同的发展态势，正如接受美学创始人姚斯的观点，文学作品并不是静止、隔绝的客体，不是亘古不变的"纪念碑"，而是作家、作品和不同时期的不同读者共同演奏出的管弦乐。因而我们在考量中俄关系、译介作品和研究成果的量变和质变等因素之后，将整个俄罗斯的茅盾译介与研究分为五个阶段。

一、初始阶段：1925 — 1948年

20世纪30年代，中苏关系密切，苏联培养了一批新的汉学家，他们

以自己的亲身经历认识和体验中国，撰写和发表了一系列有价值的文章。此时的汉学家们拓展了研究的范畴和领域，逐步将关注点从中国古典文学向中国现代文学倾斜，努力探究新文学所折射出的中国社会的历史性变化。从掌握的资料来看，这一时期俄罗斯学者对茅盾的研究主要停留在译介及少数作品分析的阶段。1934年涅克拉索夫翻译的《春蚕》在苏联《国际文学》上连载，正式成为俄罗斯茅盾译介之滥觞。1925年到1948年24年间，共有11种译作出现：1934年伊万诺夫（А. Ивин，1885 — 1942）翻译的《子夜》（«Рассвет»）片段《罢工之前》（«Перед забастовкой»）和1935年普霍夫（В. Пухов，1908 — 1937）由英文转译的《子夜》中的一章《骚动》（«Мятеж»）都以节选的形式对《子夜》进行了推介。1936年，哈尔科夫的国家文学出版社（Державне литературне видавництво, Харьков）出版的《中国文学集》（« Китай Литературный сборник»）又将普霍夫的译文收录其中。茅盾最早的文学作品《蚀》直到1935年才被俄罗斯研究者所关注，标志是辛（С. Син，1908 — 1938）翻译的《动摇》（«Колебания»）发表。1937年，浩夫(普霍夫的笔名)、鲁德曼(Вл. Рудман，1914 — 1998)翻译的《子夜》(«Перед рассветом»)由列宁格勒国家文艺出版社（Государственное издательство художественной литературы, Ленинград）出版，至此茅盾最知名的作品得以完整地与俄罗斯人民见面。1944年，莫斯科文艺出版社（Государственное издательство художественной литературы, Москва）出版的《中国短篇小说集》（«Китайские рассказы»）中收录了奥沙宁(И. Ошанин，1900 — 1982)翻译的《林家铺子》(«Лавка семьи Линь»)，这是茅盾第二篇被俄译的短篇小说。

俄罗斯的茅盾研究比译介迟了一年。1935年瓦西里耶夫为俄译本《动摇》（«Колебания»）所作的序言，是最早的研究文献。除此之外，研究文章还有鲁德曼的《中国革命作家 —— 沈雁冰》（«Писатель китайской революции — Мао Дунь(Шэнь Яньбин)»）（1936）及其刊载于《子夜》

(«Перед рассветом»)俄译本之前的《茅盾的创作道路》(«Творческий путь Мао дуня»)(1937)。综观上述文章，这一时期的汉学家们聚焦于长篇小说《动摇》与《子夜》。1935年俄译本《动摇》的序言中，瓦西里耶夫称茅盾是“享有盛誉的最驰名的、多产的和有才华的作家之一”①，他客观地分析了茅盾创作的不足，如作家没有完全消除掉自己的小资产阶级的幻想、本人立场存在动摇和作品不精练等，除此之外，行文中也不乏对该部作品的肯定，瓦西里耶夫揭示了茅盾的创作特点是“力求创造出由详细研究过的形象所构成的社会关系的广阔的全景和生活的巨大画面”②，并指出该作品中客观地包容着许多揭露性的事实材料，这些对于苏联的读者“并非毫无意义”“苏联的读者除了从我们文学的代表人物了解关于中国的创作之外，他们还想从中国作家本人的传声筒中来了解中国。从这一观点来说，茅盾的创作是其中最为有意义的，因为它接触到了中国生活中对我们最为真实的各个方面。”③另一位学者鲁德曼对《蚀》三部曲提出了自己的观点，认为三部作品结构线条的粗糙、描写手段的缺失和青涩显而易见，在布局上过于狭隘且个人化，主人公的心理和他们家庭关系的分析等问题没有得到解决，小说社会意义非常有限，等等。该学者对《子夜》给予高度评价，称之为“宏大的多层次小说”，认为在这部小说中茅盾摆脱了之前作品中所带有的动摇和怀疑，“成长为不断完善的革命艺术家”，并指出其在主题揭示、语言运用和行文结构上的成功之处。汉学家们客观地评价了茅盾的作品，符合茅盾的创作实际，但笔者认为虽然茅盾的早期作品确实存在上述不足，但应从我国现代文学发展的实际情况来考察茅盾作品

① Колебания : роман / Мао Дунь ; пер. с кит. С. Сина под ред. Б.А. Васильева и В.Г. Рудмана ; предисл. Б.А. Васильева, 1935, с.1.

② Колебания : роман / Мао Дунь ; пер. с кит. С. Сина под ред. Б.А. Васильева и В.Г. Рудмана ; предисл. Б.А. Васильева,1935, с.5.

③ Колебания : роман / Мао Дунь ; пер. с кит. С. Сина под ред. Б.А. Васильева и В.Г. Рудмана ; предисл. Б.А. Васильева,1935, с.10.

的历史地位，如在当时的文坛上，小说《蚀》所呈现的宽阔场面和宏大气势是未曾出现过的，它迅速反映了大革命前后中国的历史面貌，是茅盾对我国现代文学作出的巨大贡献。

二、繁盛阶段：1949—1959年

1949年中华人民共和国成立以后到20世纪50年代，整个苏联对中华人民共和国的诞生表现出极高热情，许多汉学研究机构和高校广泛招生并增设有关中国的课程，促进了汉学的新发展。这一时期的茅盾翻译与研究也进入了一个深化和繁盛时期。

1952年，鲁德曼重译《春蚕》（«Весенние шелкопряды»）和《林家铺子》（«Магазин господина Линя»）。1954年，俄译本《茅盾短篇小说集》（«Мао Дунь. Рассказы»）出版发行，这是茅盾在俄的第一部短篇小说集，除了俄罗斯读者所熟知的《春蚕》和《林家铺子》以外，这部小说集还收录了多篇茅盾第一次被译介的短篇小说，如《赵先生想不通》（«Господин Чжао не понимает»）、《微波》（«Легкое волнение»）、《夏夜一点钟》(«Летней ночью»)、《第一个半天的工作》（«Первая половина рабочего дня»）、《儿子开会去了》（«Сын пошел на митинг»）、《列那和吉地》(«Лена и Цзиди»)以及《喜剧》（«Комедия»）。这些短篇小说的译介说明汉学家们扩大了对茅盾的关注范围 。1956年，莫斯科国家文艺出版社出版了由费德林（Н. Федоренко，1912—2002）主编的三卷本《茅盾文集》（ «Мао Дунь. Сочинения в 3-х томах»）和《茅盾精选集》（«Мао Дунь. Избранное»）。三卷本文集第一卷为《动摇》（«Колебания»）、《虹》（«Радуга»，首次翻译出版）；第二卷为《子夜》（«Перед рассветом»）；第三卷为短篇小说《三人行》（«Их было трое»，首次翻译出版）及一些政论文章，同时《子夜》和数篇短篇小说被收录到《茅盾精选集》中。

与上一阶段相比，对作品进行深入研究的文章明显增多，整体的研究深度和广度明显扩大。20世纪50年代的汉学家们在原有基础上继续关注《子夜》。如费德林在1954年《相见中国作家》（«Встречи с китайскими писателями»）中提及了《子夜》的重要性："当时的大家都将注意力放到上海这座城市上，但是当时能了解具体局势的书籍非常少，确切地说是完全没有。而《子夜》就是个例外，《子夜》展现了一幅大上海现代生活的清晰画卷。"① 利希查（Б. Лисица，1914 — 1976）② 在1959年发表的《茅盾的创作道路》（«Творческий путь Мао Дуня»）中首次对作家塑造的典型人物 —— 吴荪甫展开研究，认为这个充满钢铁意志和不竭能量的人物是作家的化身，与作家的思想一致。除此之外，利希查还感叹于作家在一部作品中塑造出如此多的人物，"在一部作品中展现出处于复杂斗争中如此多的不同人物性格，在新时期中国文学当中是不存在的，凭借这份非凡的能力，茅盾能够早于中国很多其他作家走上社会主义现实主义的道路。"③ 值得一提的是，利希查指出《子夜》的创作是作家对高尔基（М. Горький，1868 — 1936）的借鉴，认为茅盾学习了高尔基的第一部长篇小说《福玛·高尔杰耶夫》（«Фома Гордеев»）中的思想，叙述上追求"当代性的广阔及有内涵的画面"，同时《子夜》中的许多人物形象与以玛雅金（Яков Маякин）为代表的形形色色的商人形象在内容上也存在类似情况。高尔基作为伟大的无产阶级作家对20世纪中国文学乃至世界文学都是影响深刻的，茅盾对高尔基的学习借鉴也是毋庸置疑的，茅盾自己就曾说过："高尔基的作品使我增长了对现实的观察，而其特有的处置题材的

① Федоренко Н. Т. Встречи с китайскими писателями. – Новый мир, 1954, № 9, с.197.

② 利希查（Б. Я Лисица，1914 — 1976），茅盾的主要研究者，发表了多篇茅盾研究文章。译著有：《宝葫芦的故事》（1958）、《水浒传》（1968）。

③ Лисица Б.Я. Творческий путь Мао Дуня // Писатели стран народной демократии. Вып. 3. М., 1959, с.17.

手法，也使我在所知的古典作品的手法而外，获见了一个新的境界。”①

除了长篇小说外，汉学家们还对作家在1932—1937年创作的短篇小说进行了深入探讨。在俄文版《茅盾短篇小说集》(«Мао Дунь. Рассказы»)的序言中乌利兹卡亚（Л. Урицкая，1926—1999）认为茅盾在他的短篇小说中鲜明生动并令人信服地描写出中国社会的现实，并塑造了中国社会各阶层的典型代表人物、揭示了他们的性格和思想。此外，彼得罗夫（В. Петров，1929—1987）1954年10月12日发表的题为《生活的真实》(«Истина жизни»)的重要论文也客观地、学理性地评述了茅盾的短篇小说，并给予高度评价。在众多短篇小说中，《林家铺子》最为知名。该作品完成于1932年，描述了一·二八抗战前后上海附近的一个小市镇林家百货小商店由挣扎到倒闭的故事。利希查称之为茅盾优秀的创作之一，肯定其作品中结构的协调、动态的紧张、对细节把握的准确和语言的精练；乌利兹卡亚则关注到作者通篇所表现出的对平民百姓、对穷人的同情和怜悯。除此之外，生动反映20世纪30年代初期半殖民地半封建的中国农村破产的三部曲也颇受关注。利希查详细介绍了老通宝、多多头等人物形象，肯定其在人物塑造方面的创造性，指出茅盾在这篇小说中是以成熟的现实主义小说能手、人民典型形象的塑造者身份出现的。整体上，汉学家们精准掌握了茅盾的创作意图，研究成果真实准确。

三、观望阶段：1960—1976年

进入20世纪60年代以后，由于中苏关系恶化，加之1966—1976年“文化大革命”这一特殊时期在中国的出现，汉学家们对现代文学的译介和研究处于“观望”时期，但“观望”不等于“静止”，在汉学家的不懈

① 茅盾：《爱读的书》，见《茅盾文集》(十)，人民文学出版社1961年版，第146页。

努力下，茅盾的翻译和研究仍然有所发展。在译介方面，1960年莫斯科国家文艺出版社出版了《茅盾短篇小说集》（«Мао Дунь: Рассказы»）。长篇小说《腐蚀》（«Распад»）的俄译本面世，最初由伊万科（С. Иванько，1925—2004）在1968年完成，索罗金（В. Сорокин，1927—2015）在1972年重译。

研究文章有索罗金为1972版俄译本《腐蚀》所作的序言《艺术家与时代》（«Художник и время»）、彼得罗夫的《才能与劳动》（«Талат и труд»），以及利希查的多篇作品，如《茅盾》（«Мао Дунь»）、《茅盾创作中的妇女形象》（«Женские образы в творчестве Мао Дуня»）、《茅盾与中国二三十年代文学中的现实主义问题》（«Мао Дунь и проблема реализма в китайской прозе двадцатых- тридцатых годов»）和《茅盾的早期创作》（«Ранее творчество Мао Дуня»）等等，这些文章以作家整个创作活动为研究对象，叙述了不同时期作家的创作，并在字里行间进行评析。 这一时期出现了对茅盾作品更为深入的分析，更具系统性、专业性。例如在1972年的《茅盾创作中的高尔基》中，利希查进一步论述了茅盾和高尔基的关系。高尔基作为伟大的无产阶级作家对20世纪中国文学乃至世界文学都是影响深刻的，茅盾对高尔基的学习借鉴也是毋庸置疑的，茅盾自己就曾说过："高尔基的作品使我增长了对现实的观察力，而其特有的处置题材的手法，也使我在所知的古典作品的手法而外，获见了一个新的境界。"① 与此同时，在另一篇文章《茅盾笔下的女性形象》中，利希查指明了：茅盾在创作中乐于选择女性形象展现时代特征，同时他善于用心理描写刻画女性形象。这是关于茅盾关注的女性话题的系统阐释。1972年戈列洛夫发表了题为《茅盾小说〈子夜〉中对自然描写的几点观察》的论文，文章采用了俄罗斯茅盾研究全新的视角。茅盾是公认的风景描写大

① 茅盾：《爱读的书》，见《茅盾文集》（十），人民文学出版社1961年版，第146页。

师，而《子夜》描写自然环境最突出的特色体现在某种自然现象作为主导旋律贯穿于小说始终，并且与人物的思想行为紧密相连。戈列洛夫指出，在小说中每个自然画面都是动态的，在茅盾笔下，大自然的描写往往有人物的参与。风景与人们的生活密不可分。同时汉学家细心地注意到茅盾自然描写中常常使用修饰语和艺术对比，并在行文中多次使用词语上的重复以及叠词，并举例进行说明。

该时期俄罗斯茅盾研究的最大成就莫过于1962年索罗金《茅盾的创作道路》(«Творческий путь Мао Дуня»)的出版。这本132页的论著全面介绍了茅盾的生平和活动，系统分析了重点作品，对作家、社会活动家、翻译家和文学批评家的茅盾进行多角度评述。费德林称该书“首次为国外提供了在中国文化生活中数十年起着主导作用的著名文学家的生活与工作的广阔画面。”书中分几个方面来谈论这位当代中国大作家的创作，包括茅盾早期的文学探索和文学主张，并着力分析在中国革命形势日益发展的情况下，茅盾创作的一系列优秀的作品以及塑造的正面人物形象，观点明确，褒贬相宜。除此之外，书中还论述了作家在抗日战争时期的创作，特别肯定了茅盾的爱国主义和民主主义思想。最后，简要论及中华人民共和国成立之后茅盾作为一个社会活动家的各方面活动。① 我国学者李明滨称该书“不但在苏联，而且在中国国外都是第一本专门论析茅盾的书”②，其开创意义了然于目。值得一提的是，索罗金并没有将茅盾局限于作家的范畴之下，而是多角度评价包括社会活动、翻译经历和文学批评在内的多样茅盾。这本专著开启了茅盾国外专著研究的先河，对整个茅盾域外研究意义非凡。

---

① Сорокин В.Ф. Творческий путь Мао Дуня. М., 1962.

② 李明滨：《中国文学在俄苏》，花城出版社1990年版，第22页。

四、复苏阶段：1977—1991年

从20世纪70年代末开始，中国贯彻改革开放的方针国策，国民经济迅速发展，综合国力不断提升。世界上涌动着新的“中国热”和“汉学热”。从20世纪80年代初到苏联解体前，中苏关系开始解冻，并于1989年恢复正常外交关系。但与前期不同的是，此时的苏联汉学界消减了对中国现代文学的研究热情，对反映我国改革开放之后社会巨变的当代文学更为感兴趣。资料显示，在茅盾1981年离世以后，除了塔斯社（ТАСС）等媒体和多位汉学家发文悼念并举行纪念仪式之外，翻译专著只有一部由索罗金主编的《茅盾精选集》（«Мао Дунь: Избранное»）在1990年出版。这部翻译专著收录了茅盾在俄罗斯较为有影响的作品，如谢列布里亚科夫（Е. Серебряков，1928—2013）译长篇小说《动摇》（«Колебания»）、伊万科译《腐蚀》（«Распад»），苏霍鲁科夫（В. Сухоруков，1929—2008）译短篇小说《林家铺子》（«Лавка Линя»）、乌利兹卡亚译《春蚕》（«Весенние шелкопряды»）、叶戈罗夫（И. Егоров）译《一个真正的中国人》（«Настаящий китаец»）和普什尼亚科娃（В. Пушнякова）译《水藻行》（«За водорослями»）等。除此之外，精选集中还收录了由谢列布里亚科夫翻译的茅盾的最后一部长篇作品《我走过的道路》（«Путь, мною пройденный»）的节选，这在俄罗斯还是首次。

在研究方面，在《茅盾精选集》的序言《伟大的一生》中，索罗金以茅盾整个创作活动为研究对象，再次全面系统地评析了茅盾其人及其文学创作，高度评价茅盾的文学创作，成为俄罗斯茅盾研究的压卷之作。

五、缓慢发展阶段：1991年至今

苏联解体前，汉学家们关注茅盾现实主义作品中浓浓的时代特色和社

会剖析，欣赏他偏重于内心自省的叙事风格以及由此蔓延出来的犀利观察。但苏联解体后，这一情况发生了颠覆性变化。

2008年由俄罗斯科学院远东研究所编纂的《中国精神文化大典（文学、语言和文字卷）》（«Духовная культура Китая (Литература. Язык. Письменность)»）中的第355页和第356页对茅盾进行了专门的介绍①。该词条回顾了茅盾的生平、创作和社会工作，并粗略分析了茅盾的多部小说，如《蚀》、农村三部曲、《腐蚀》等。

2016年6月30日 — 7月3日，“第七届远东文学研究暨纪念茅盾诞辰120周年国际学术研讨会”（“Проблемы литератур Дальнего Востока. VII Международная научная конференция”）在俄罗斯圣彼得堡国立大学召开。在异域邻邦俄罗斯召开的这次盛会，无疑将域外的茅盾研究重新拉入了人们的关注视野。来自俄罗斯、中国、斯洛伐克、泰国、新加坡等十余个国家和地区的110名中国文学及东方学专家出席了大会。 在开幕式上，俄罗斯科学院院士、著名汉学家米亚斯尼科夫（В. Мясников）作了题为《茅盾的生活与事业》（«Жизнь и дела Мао Дуня»）的主旨发言，在发言中他特别强调茅盾与苏联的情谊，并称之为“我们国家的朋友”。大会收到茅盾研究论文25篇，内容包括“茅盾的翻译编辑及其他文化活动”“茅盾与儿童文学”“茅盾作品版本研究”“时代社会政治环境对作家的影响”“茅盾作品艺术形象与表现手法赏析和评论”等多个方面。俄罗斯学者阿克萨娜·罗季奥诺娃（О. Родионова）发表了题为《论茅盾对苏联儿童文学的兴趣》（«Об интересе Мао Дуня к советской детской литературе»）的文章。文中提及茅盾的多篇文章，如《儿童文学在苏联》《〈团的儿子〉译后记》《儿童诗人马尔夏克》和《马尔夏克谈儿童文学》以及自传《我走过的道路》，指出茅盾对俄苏儿童文学的肯定和赞许，并

① Духовная культура Китая:энциклопедия.В 5 т.+ доп.1том/Гл.ред.М.Л.Титаренко.М., 2006–2010.Т.3:Литература.Язык и письменность.М., 2008, с.355–356.

认为茅盾的这些论著曾一度规范了中华人民共和国儿童文学事业的发展道路。这是本次大会收到的唯一一篇出自俄罗斯学者的文章。

直至2017年，在中俄两国政府主管部门和两国使馆的指导下，在“中俄经典与现代文学作品互译出版项目”的框架支持下，由罗季奥诺夫（罗流沙）（А. А. Родионов，1975— ）主编的《子夜》在新世纪再次与俄罗斯读者见面。该书共计592页，收录了《子夜》、乌利兹卡亚翻译的农村三部曲《春蚕》《秋收》《残冬》以及苏霍鲁科夫（В. Т. Сухоруков，1929—2008）翻译的《林家铺子》。同时，近年也有年轻学者加入茅盾作品的研究过程中，例如：青年作家、文学爱好者西罗京（С. Сиротин，1985— ）在其网站上发表文章《一位优秀的资本家》（«Хороший капиталист. Мао Дунь. Перед рассветом»，2019），记者、汉学研究者雷巴丘克（С. Рыбачук，出生年份不详）发表《〈子夜〉：资本主义的社会肖像》（«Перед Рассветом»: социальный портрет капитализма, 2019）一文。

第二节　主要研究者及著作介绍

1949年中苏建交后，两国签订《中苏友好同盟互助条约》，文化交流迎来黄金时期。在此背景下，苏联学界迅速兴起“中国热”，多所高校和研究机构纷纷设立中国文学专业，培养了大批汉学人才。资料显示，短短十年间苏联就建立起近千人的中国文学研究队伍，他们积极译介茅盾等中国现当代作家作品，为两国文学交流作出重要贡献。本节将重点考察三位具有代表性的茅盾研究专家：费德林、利希查和索罗金。这三位学者分别代表了苏联不同时期茅盾研究的学术取向，他们的研究成果是俄罗斯茅盾接受史的重要里程碑。通过对他们学术路径的梳理，可以清晰把握苏联时期茅盾研究的发展脉络。

一、费德林和利希查

尼古拉·特罗菲莫维奇·费德林（Н. Т. Федоренко, 1912—2000）是20世纪苏联具影响力的汉学家之一，在中国文学研究领域成就斐然。作为语言学博士、苏联科学院通讯院士，他的学术研究横跨中国古代文学与现代文学两大领域。在中国古代文学研究方面，费德林以系统的学术视野梳理了中国文学传统，从《诗经》《尚书》等先秦典籍到《红楼梦》等古典小说均有深入研究。而在现代文学领域，他更是开拓性的研究者，著有《现代中国文学概论》等十余部专著，为苏联学界系统引入中国现当代文学奠定了理论基础。费德林与茅盾的学术渊源尤为深厚。1954—1957年，他先后发表《相见中国作家——茅盾》等专题文章，编纂出版《茅盾选集》（1955）和三卷本《茅盾选集》（1956）。其中，1956年出版的《论茅盾》小册子具有开创性意义，这部31页的著作首次系统介绍了茅盾的生平经历、文学创作与革命活动，成为俄罗斯茅盾研究的奠基之作。作为与茅盾有过直接交往的学者，费德林的研究兼具学术深度与个人洞见。他不仅通过作品选编全面呈现茅盾的文学成就，更在研究中融入了对作家思想轨迹的独到理解。这种将文本分析与生平研究相结合的方法，为后来的俄罗斯茅盾研究确立了典范。正是这种开创性与系统性兼具的研究特质，使费德林成为俄罗斯茅盾研究史上不可忽视的关键人物。

作为20世纪50—60年代苏联茅盾研究的另一位重要学者，利希查（1914—1976）的学术贡献同样值得关注。与费德林的显赫声名不同，利希查的学术生涯鲜为人知，现存文献中关于其生平的记载甚少。然而1956—1968年，他在学术期刊上连续发表的四篇茅盾研究论文，清晰地展现了一位专业汉学家的学术轨迹。这四篇标志性论文呈现出明显的研究深化过程：从1956年《论茅盾》的综合性介绍到1958年《茅盾的早期创作》的专题研究，再到1959年《茅盾的创作道路》的系统性考察，最终发展为1968年《茅盾和二三十年代中国小说中的现实主义问题》的理论探讨。这种由面到点、由浅入深的研究路径，不仅反映了研究者个人学术视野的拓展，更体现了苏联茅盾研究从普及介绍向专业探讨的范式转变。特别值得注意的是，利希查对茅盾现实主义创作方法的持续关注，为理解中国现代文学与社会主义现实主义的关系提供了重要视角。尽管史料匮乏使我们难以全面把握其学术履历，但这些留存的研究文献足以证明，利希查是推动俄罗斯茅盾研究走向专业化的重要学者之一。

费德林和利希查共处于苏联中国文学研究氛围之下，因而对茅盾接受在某些方面是一致的，但与此同时却各自有着不同的研究角度和考察方法。综观这两位学者的研究成果，我们发现他们都关注了茅盾及其作品所被人热议的时代性问题，但不同之处在于，费德林关注的是其题材和主题的时代性，而利希查则是将关注点集中于作家塑造的人物形象的时代特征；在研究手法上，费德林更偏重于凸显人格精神的宏观评述，而利希查则选用了从作品出发的微观品评。作为苏联时期茅盾研究的两位代表人物，费德林与利希查的学术研究既呈现出鲜明的时代共性，又各具独特的学术个性。在共同的社会文化语境下，两位学者都敏锐地把握了茅盾创作与时代精神的深刻关联，但在具体研究维度上却形成了互补性的学术视角。

（一）费德林：凸显作家品格以及对作品选材时代性的宏观评述

费德林对茅盾的研究呈现出独特的“传记式批评”特征，这种研究范式源于他与茅盾深厚的个人交往。根据1954年《相见中国作家——茅盾》的记载，两人的学术友谊建立在持续的思想交流基础上：茅盾向其阐释中国社会现实与创作理念，费德林则系统介绍苏联文学动态，甚至萌生了为茅盾立传的构想。这种密切互动使费德林形成了“由人及文”的研究

路径 —— 先通过直接交往理解作家的人格特质，再探究其文学创作。在其后续研究中，费德林并未拘泥于传统的文本分析，而是着力刻画茅盾作为知识分子的精神肖像。他特别关注不同历史情境下影响作家思想形成的复杂因素，试图构建茅盾的“心灵发展史”。这种研究取向体现为两个鲜明的特点：一是始终追问“茅盾是谁”等问题，通过梳理作家的生活经历与时代互动把握其精神内核；二是将理性分析与情感体验相融合，在学术论述中既保持客观立场，又自然流露对研究对象的深切理解。

正是这种将学者严谨性与人文温度相结合的特质，使费德林的茅盾研究超越了单纯的文学批评，成为记录中苏知识分子精神对话的重要文献。他开创的“知人论世”研究模式，不仅丰富了俄罗斯汉学的研究方法，也为理解作家创作的心理机制提供了独特视角。《论茅盾》等多篇文章均是从作家的家庭环境说起，同时全篇贯穿着环境对茅盾以后文学的影响，这里所说的环境包括两方面，一方面是狭义上的，茅盾的周边；而另一方面则是社会大环境，即时代的变迁。费德林将狭义上的环境对茅盾的影响分为家庭环境（主要来自母亲）、鲁迅及其作品、俄国古典及苏联文学，并认为这些都影响着茅盾作家人格特性的形成。

“茅盾的母亲使他从小便爱读、爱背诗文名篇。他之所以成为作家，都是靠着母亲”。在母亲的影响下茅盾在十岁前就读了很多文学和历史著作，丰富的阅读与他的年龄是很不相称的，这对于培养他的审美趣味和对祖国文学的热爱有很大益处。与其他研究者的文章不同，费德林没有用大量笔墨介绍茅盾维新派父亲，而是认为茅盾是在母亲的影响下，受到了古典文学的熏陶，从而为他以后的创作打下了基础。

在走入社会、从事编辑工作之后，工作的便利使茅盾获得了接触先进文学的机会，费德林认为：作为我国新文化运动的主力军，鲁迅的文学为茅盾指明了文学前进的方向。“鲁迅的作品给茅盾留下了深刻的印象……对鲁迅及其他中国作家作品的热情关注，在茅盾的创作发展中起到了相当大的作用。就在这时，他热爱自由、热爱祖国的思想得到发展，他的社会政治观点和文艺观点也形成了。”① 诚然，初登文学殿堂的茅盾是迷茫的，当时的他来到了一个全新的世界，鲁迅在一定程度上指引了茅盾作家人格的正确方向。

除此之外，身为苏联中国文学研究者的费德林非常看重俄国文学对茅盾创作的影响，“同俄国古典文学的接触，同托尔斯泰、屠格涅夫、契诃夫、高尔基等作家作品的接触，使茅盾产生了对俄国人民、对它的自由斗争、对俄国文学艺术的深厚感情。”② 费德林直言，正是对于俄罗斯批判现实主义作家和苏联社会主义现实主义大师们的作品的孜孜不倦的学习，才使得茅盾成为一位现实主义作家。茅盾文学创作道路的演变确实呈现出明显的动态发展特征，其中俄罗斯文学的启蒙与催化作用尤为关键。作为中国现代文学史上最具理论自觉的作家之一，茅盾早期的文学观念经历了从自然主义到现实主义的转型过程。这种转变既源于作家自身的艺术探索，更深深植根于其对俄罗斯文学的批判性吸收。

费德林在《论茅盾》中着力介绍了这三方面对茅盾的影响，看似简单陈述，却用意深远：来自母亲的古典主义文学熏陶和积淀使茅盾具备了作家的情怀，鲁迅本人和他的作品为茅盾指明了走新文学道路的基调，俄国和苏联文学的传统和力量在一定程度上最终确立了茅盾的作家品格——现实主义。

费德林的茅盾研究不仅聚焦于作家主体品格的形塑过程，更着重考察了其文学创作与时代语境的内在关联。在汉学家的学术视野中，作家创作始终处于特定历史环境的规约之下，社会环境（包括时代特征）会以艺术化的方式投射于文本建构之中。他特别指出，20世纪上半叶中国社会的剧烈变革在文学创作中留下了深刻烙印，而茅盾及其作品因其对时代本质

① Федоренко Н. Т. Мао Дунь. М., Знание, 1956, с.5

② Федоренко Н. Т. Мао Дунь. М., Знание, 1956, с.8

的深刻把握，成为最具代表性的时代书写者。在其学术论述中，费德林通过系统分析茅盾创作题材的历时性选择，深入阐释了作品所蕴含的时代性特征。

茅盾本人在创作过程中十分重视题材的选择，这是不争的事实。他充满着尽可能全面真实展示中国社会现实的艺术情怀，竭力主张选取代表时代的重大事件，用一生的创作绘制成了时代的巨幅画卷。费德林这样评价茅盾的创作："茅盾的作品是本世纪中国20年代和30年代初期社会生活的独特的百科全书。大概没有一个中国作家，像茅盾的作品一样，展现了中国当代社会的如此广阔的画面，描绘了如此众多的现实人物群像，提出了这么多的社会问题。"① 费德林清晰地指明了茅盾创作的分期是与我国现代史发展的阶段一致的："1919年的五四反帝爱国运动，1924年至1927年的第一次国内革命战争，1927年至1936年的第二次国内革命战争，1937年至1945年的抗日战争，中国现代史发展的这几个基本阶段，也是茅盾思想成长和创作道路的几个主要阶段。"② 换言之，把茅盾的创作综合起来，正是从五四运动前后到中华人民共和国成立前夕现代中国的社会风貌及其变化的图景。茅盾正是这样一位真实地反映中国革命的重大事件、大时代的潮流以及各阶级、各阶层人士在社会大变动中动向的作家。

五四运动是我国新文学的开端。费德林认为茅盾是热情支持1919年发生的五四反帝反封建运动的，在这个过程中茅盾看到了新时代的到来，并在这次运动的冲击下正确地认识周围的社会现实，"他开始用新的经验和知识充实他的头脑，创作了多部以五四运动后期的历史事件为题材的作品。"③ 1927年茅盾出版了《蚀》三部曲。在这个三部曲里，茅盾全面展现了中国革命遭到失败、国民党反动派大肆屠杀革命者、动摇分子叛变革命

---

① Федоренко Н. Т. Мао Дунь. М., Знание, 1956, с.3

② Федоренко Н. Т. Мао Дунь. М., Знание, 1956, с.3

③ Федоренко Н. Т. Мао Дунь. М., Знание, 1956, с.5.

的白色恐怖年代 。费德林高度评价《蚀》三部曲，认为《蚀》的发表在中国文学界是一件大事，“因为这个三部曲是反映中国现代尖锐社会问题的第一部巨著”。虽然费德林的评述中没有对小说中的北伐战争、工农运动、土豪劣绅、国民党内部领导人的详细介绍，但对这部小说题材的时代性的认可是毋庸置疑的。第二次国内革命战争时期是茅盾创作的新起点。当时我国国内的形势是非常严峻的，在国民党反动派统治时期革命力量的增长，中国工农红军的诞生，蒋介石反革命围剿的失败，从根本上改变了中国的政治形势，费德林认为这一时期茅盾创作的长篇小说《虹》、中篇小说《三人行》、长篇小说《子夜》《第一阶段的故事》等新作品都来源于多变复杂的中国形势，散发着浓郁的时代气息：“国内新的革命高潮成为很多作家艺术灵感的源泉，茅盾也是如此，作家将中国‘五四’到‘五卅’历史进程中的诸多热点问题和题材都写进了作品①。”费德林宏观总结了茅盾的早期作品：“可以看出他的文学创作的一些基本特征，这主要是表现当代有重大意义的社会现象，描绘社会各阶层的典型代表，反映他们的性格、环境和思想。”②简言之，茅盾在书写时代。

在第二次国内革命战争时期，茅盾完成了具有划时代意义的杰作——《子夜》。瞿秋白曾高度评价《子夜》：“这是中国第一部写实主义的成功的长篇小说……1933年在将来的文学史上，没有疑问地要记录《子夜》的出版。”③费德林引用了此评价并进一步指出《子夜》格外有力地表现了茅盾的艺术才能。“在这部小说里，茅盾作为一位现实主义艺术大师，善于真正地以艺术手段描绘出20世纪20年代末和20世纪30年代初的巨幅生活画卷，这个时期正是中国人民最重要、最困难的历史时期。”④

---

① Федоренко Н. Т. Мао Дунь. М., Знание, 1956, с.15

② Федоренко Н. Т. Мао Дунь. М., Знание, 1956, с.15

③ 瞿秋白：《子夜和国货年》，见《瞿秋白文集：文学编》（第二卷），人民文学出版社1986年版，第71页。

④ Федоренко Н. Т. Мао Дунь. М., Знание, 1956, с.18.

在这部小说中，茅盾更自觉地充分反映时代的重大题材，大上海及其面貌各异的社会领域、鲜明的对照、尖锐的矛盾，都得到了编年史家茅盾的生动表现。当时中国社会上的一切：外国资本向中国的输入、外国资产阶级和中国资产阶级的冲突、争取劳动人民权利的斗争新高潮，都在上海的背景下被表现出来。费德林将《子夜》视为反映中国20世纪30年代初期各种尖锐矛盾斗争的集合体，是波澜壮阔的社会生活真实写照。

关于抗日战争以后茅盾的创作，费德林主要介绍了当日本侵略中国东北之后茅盾写了一系列著名的短篇小说和随笔，“茅盾用自己的创作记录下这一时期的典型事态，后来收入了《第一阶段的故事》和《速写与随笔》两书。他发表政论文章，进行团结作家共同抗日的繁重组织工作。”[①] 与此同时，费德林指出作为文艺工作者的茅盾，基于一个艺术家对祖国和人民的高度责任感，一贯坚持并号召所有的作家描写时代，并在文中引用了作家的原话：“抗战的现实，不能不是中国人民大众的觉醒，怒吼，血淋淋的斗争的生活 …… 中国作家所必须反映的，正是这样的抗战的现实。”

作为苏联杰出的中国文学研究者和茅盾的主要评介者，费德林建立了独特的作家研究范式。他通过对茅盾生平、思想发展轨迹与文学创作的综合性考察，深入把握了中国现代作家的精神特质和创作心理，这种研究方法超越了单纯的文本分析层面。同时，他善于将具体的文学现象置于宏观的历史文化语境中进行阐释，通过系统分析创作主题、艺术风格、时代背景和影响因素的多重互动，揭示了中国现代文学发展的内在规律。

（二）利希查：从作品出发体察茅盾笔下人物形象时代特征的微观品评

与费德林的宏观历史批评范式形成对比，利希查的茅盾研究呈现出鲜明的文本细读特征。首先，在研究路径上，利希查建立了以人物形象分析

---

① Федоренко Н. Т. Мао Дунь. М., Знание, 1956, с.21.

为核心的研究方法。他通过系统考察茅盾作品中具有典型意义的人物形象，揭示了中国社会转型期的时代特征。这种微观分析方法有效地补充了宏观社会历史研究的不足。其次，在研究内容方面，利希查着重阐释了两个关键维度：一是人物性格中的时代印记，二是社会环境对人物命运的制约作用。他指出，茅盾笔下的资产阶级知识分子、新女性等形象，其性格特质深刻反映了特定历史阶段的社会心理特征；同时，这些人物在动荡社会中的悲剧性结局，也折射出时代条件的客观限制。最后，在学术价值层面，利希查的研究表明其对中国社会变迁具有深刻理解。他准确地把握到，在20世纪上半叶的中国社会转型过程中，各类新兴社会力量虽具有进步性，但受制于历史条件的局限，往往难以突破时代的桎梏。这种认识体现了一位外国学者对中国国情的准确把握。

首先，在利希查的研究中频繁出现的词语是“представители мелкобуржуазной интеллигенции”（小资产阶级知识分子的代表），这是当时中国文学史上一个新兴的群体。自创作进入成熟阶段以后，茅盾塑造了一系列民族资本家的形象，如吴荪甫、朱吟秋、孙吉人、王和甫等等。尽管这些人物形象的塑造并非写作的重点，只是为了突出主题而存在，但利希查却透过复杂的社会现象，清晰地体会到了这一群体所特有的光彩。而《子夜》的中心人物吴荪甫无疑是这位研究者最为关注的人物之一。

利希查高度评价《子夜》中出现的以吴荪甫为代表的一系列人物形象，认为吴荪甫是目前（指1956年）为止中国现代文学中在说服力和生动性上都无与伦比的人物。首先他从吴荪甫的能力和性格谈起。《子夜》中的吴荪甫是不凡的，“他是中国民族资产阶级阵营的代表”，作家赋予了吴荪甫高于同阶层人民的才能，吴荪甫是民族工业资本家。他野心勃勃地试图向毫无希望的衰败国民经济中注入活力，利希查认为“塑造民族资产阶级商人形象曾是当时中国文学新任务，正如这一阶层对于当时的中国一样。但是茅盾却做到了”。利希查看到了茅盾描写的吴荪甫与其他人物

的区别 —— 他是商界中的佼佼者，游历过欧美，受过西方现代价值观念和科学知识的熏陶，希望中国也能走上资本主义的发展道路，他乐意以自己的实际行动有力地推动中国的现代化进程。“在中国二三十年代的民族资本家中，吴荪甫的命运是有相当典型性的，我们在作品中看到了吴荪甫的不同形象，与多位竞争者斗争的他，与工人们冲突的他，处于胜利和失败的他，我们知晓他对中国政治活动的态度和人生理想，但随着细节的转变，最终出现在我们面前的是上海投机商人的形象，他精力充沛、机敏聪明，似乎他具备了所有成功的条件。”① 与此同时，利希查还深入分析了吴荪甫的时代特征，他说：“《子夜》中的吴荪甫是作为民族资本家的代表，他摆脱了对封建阶级的依附性，他的成功是自己争取来的。因而，他不再显示出对封建势力的软弱和妥协，而且有时还会表露出对封建地主的鄙薄和轻视。”在这点上，笔者认为研究者的观察是非常细致的，因为茅盾在这一点上写得非常隐蔽，我们仅从那段吴荪甫根本就不把他的舅父 —— 曾沧海放在眼里的描写中才能体会得到，在这段文字中茅盾用细腻犀利的语言刻画了这位年轻实业家对曾沧海的鄙夷，表明了在中国新形势下，封建阶级已几近消亡，资产阶级试图以经济实力去充当社会的主宰。

在作品中，茅盾赞赏吴荪甫这类民族工业家的能力和抱负，但同时也惋惜他们所处时代的局限性。研究者们也认为茅盾笔下的吴荪甫是悲剧的，并不仅是个人的悲剧和阶级的悲剧，而且是同时代命运紧密相关的社会性悲剧。利希查首先分析了他失败的个人原因：“吴荪甫这类民族资本家，他们拥有主宰一切的强烈愿望和刚愎自用的性格，他们敢于冒险争取，却不注意观察社会发展的方向，他们没有察觉周围变动着的时代现实 —— 民族资本主义在当时的中国没有存活的土壤，以上种种最终使他

① Лисица. Б. Я. Творческий путь Мао Дуня. Писатели стран народной демократии сб.статей. вып.3., М., 1959, с.39.

走向悲剧的命运。”[①] 当然，身处20世纪30年代初期的中国社会，吴荪甫失败的最主要原因还是中国日益半殖民地化的社会，帝国主义和买办工业不允许他放开手脚搞实业，国内军阀混战和政府腐败无能使工业没有稳定的生产环境，等等。吴荪甫的自私、无情和残暴等自身缺陷是他失败的一部分原因，但却不是最主要的，他所处的社会和时代才是造成他悲剧命运的主导因素，社会和时代无情地扼杀了他。吴荪甫最后的失败也证明了他的软弱，这也是民族资产阶级的软弱。

同时，利希查认为茅盾将这个人物刻画得如此有力、鲜明是有原因的，“茅盾塑造了一个英雄，不幸的是最终他有着悲剧的命运。茅盾想展示的是一个能力超群的人，却因为历史和社会条件的不允许最终走向失败。他想告诉读者民族资产阶级的失败在帝国主义扩张的环境下是不可避免的，无论多么强大的个人领导着民族工业。”[②] 最后，利希查探析茅盾塑造此形象的用意和表达出的思想性。正如利希查对吴荪甫这个人物进行的细致分析：“关于《子夜》的主要意图，作者在《子夜是怎样写成的》一文中给出了明确回答：中国并没有走向资本主义的发展道路。”[③] 他的观点在一定程度上代表了俄罗斯中国文学研究的立场和态度，即时代赋予了吴荪甫试图推翻旧制度的能力，但同时也是时代让他走向了失败。

其次，新型女性形象的塑造。茅盾在作品中塑造了大量的新型女性形象，构成了一个较为完整的形象系列，这在同时代作家中是少有的。笔者发现：利希查在分析茅盾的早期作品《蚀》三部曲和长篇小说《虹》时，对每部作品中的女性形象都作了一番分析，在他看来，时代赋予了新型女

---

① Лисица. Б. Я. Творческий путь Мао Дуня. Писатели стран народной демократии сб.статей. вып.3., М., 1959, с.39.

② Лисица. Б. Я. Творческий путь Мао Дуня. Писатели стран народной демократии сб.статей. вып.3., М., 1959, с.41.

③ Лисица. Б. Я. Творческий путь Мао Дуня. Писатели стран народной демократии сб.статей. вып.3., М., 1959, с.41.

性改变封建旧制度下妇女悲惨命运的能力，但同时时代也让她们体会到了困惑、痛苦和无奈，她们心中留有时代的伤疤。

在分析《蚀》三部曲时，利希查指出："《幻灭》中的慧、《动摇》中的孙舞阳、《追求》中的章秋柳等人物，是与中国传统女性不同的新型女性。她们热情地欢迎革命的到来，但同时革命失败的挫折又使她们极度悲观痛苦……慧、孙舞阳性格开朗，工作努力，身上具有时代赋予她们的革命性。"[①] 茅盾在其文学创作中塑造的女性形象突破了传统家庭角色的桎梏，呈现出鲜明的时代特征。这些女性角色不再满足于局限在家庭领域，而是积极投身社会革命实践，成为历史变革的参与者。利希查通过细致的文本分析，揭示了这些女性形象与时代语境的深刻关联。静和慧参加了声势浩大的武汉第二次北伐誓师；孙舞阳——妇女协会的成员，她经历了革命高潮中的群众大会和革命失败后反革命武装的血腥屠杀；长篇小说《虹》中的梅说过一句"我也有一个理想，我不肯做俘虏"的话，梅行素的这句话道出了当时中国所有女性的共同心声：摆脱封建势力，要做在社会中有用的人，这种愿望是符合时代潮流的。利希查的研究表明，茅盾笔下的女性形象具有双重象征意义：一方面，她们的行动轨迹与重大历史事件紧密交织，成为时代精神的载体；另一方面，她们的性格发展和命运变迁又深刻反映了社会转型期的特征。这种艺术处理既体现了作家对时代本质的把握，也展现了他通过文学叙事参与历史建构的创作意图。

利希查的研究进一步指出，茅盾的创作深刻揭示了时代变革的复杂性及其对知识分子的精神冲击。通过对文本的细致分析，他发现茅盾在塑造新女性形象时，不仅展现了其进步性，更客观呈现了历史局限性对个体发展的制约。汉学家特别强调，茅盾通过这些人物的精神蜕变，艺术地再现了特定历史阶段的社会心理特征。新女性从觉醒到迷惘的心路历程，不仅

① Лисица. Б. Я. Творческий путь Мао Дуня. Писатели стран народной демократии сб.статей. вып.3., М., 1959, с.25.

是个人命运的写照，更是时代精神变迁的缩影。这种将个体命运与宏观历史相结合的叙事策略，既体现了作家对现实主义创作原则的坚守，也展现了他对历史发展辩证法的深刻理解。

最后，新农民形象。除了都市文学，茅盾还创作了农村题材的农村三部曲 ——《春蚕》《秋收》和《残冬》。利希查对茅盾在作品中塑造的农民形象进行了考察，其中一位就是具有时代感的农民 —— 多多头。

"多多头是老通宝的儿子，他并不认同父亲的观点，但是他还并不知道如何才能改变自己的处境，但他坚决不想像父亲那样靠养蚕致富。"① 茅盾在描写老通宝时，将注意力分散到了已经有觉醒意识的多多头身上。他是与老通宝不同的新农民。他有了向现有困难生活反抗的念头。时代的进步使老通宝和多多头在思想上产生了差别，他们父子之间经常发生冲突，利希查认为这种冲突是遵循旧观念的农民与要求新生活的农民之间的思想冲突，它反映了时代的进步和人们意识的觉醒。除了这种觉醒意识，他还认为这位新农民已经拥有一定改变现状的能力，并付诸实践："苦难的生活和时代使多多头多了些叛逆的精神。他强烈地想推翻旧的一切……要求改变现状，虽然他的思想还不明晰，但他的身上已经蕴藏了反抗社会的巨大决心和力量。"② 虽然，研究者并未用实例向我们证明自己的观点，但我们却在通读农村三部曲后不得不对他的观点表示认同，首先，多多头否定老通宝传统农民生活观点，否定了他们迷信守旧的传统思想，他与被父亲称为"白虎星"的荷花说笑，他不听从老通宝养蚕的迷信禁忌和命令。其次，他带领乡亲们抢大户的粮食。这是当时社会所不容的行为，他清楚知道这么做的后果，但他并不畏惧。最后在《残冬》中，多多头与同

---

① Лисица. Б. Я. Творческий путь Мао Дуня. Писатели стран народной демократии сб.статей. вып.3., М., 1959, с.30.

② Лисица. Б. Я. Творческий путь Мао Дуня. Писатели стран народной демократии сб.статей. вып.3., М., 1959, с.31.

村的几个农民突袭住在土地庙里的联合队，夺了他们的枪。显然这些举动还谈不上是自觉革命，但毕竟反映了多多头等年轻农民，已经从老通宝一辈的狭隘的听天由命观点中解脱出来，开始走上反抗斗争的道路，这是当时中国农民的新变化，这种变化体现了当时的时代精神，具有鲜明的时代特色。

茅盾是中国现代文学史上具有重要影响的现实主义作家代表。在其文学创作生涯中，他始终致力于探索文学与时代的深刻联系，通过一系列具有鲜明时代特征的作品，构建了独特的文学世界。这些作品最显著的特征在于其强烈的时代感与历史感。茅盾的创作理念集中体现在他对人物与时代关系的深刻理解上。正如他在多篇文章中强调的："人是时代舞台的主角。我们应当从各种各样的人的活动中去表现时代的面目。"[①] 这一创作主张表明，茅盾将人物塑造视为展现时代本质的重要途径。在其文学实践中，他通过细致刻画人物命运与社会环境的互动关系，深刻揭示了时代对个体的塑造作用。这种创作取向使茅盾的作品具有了双重价值：一方面，通过典型人物的塑造，真实记录了特定历史时期的社会风貌；另一方面，通过人物命运的展现，深刻反映了时代发展的内在矛盾。正是这种将个体命运与时代洪流相结合的叙事方式，构成了茅盾文学创作的核心特征，也是其作品社会意义的重要体现。利希查的研究准确把握了茅盾创作的这一本质特征。他对茅盾作品中人物形象与时代关系的系统分析，不仅揭示了作家创作的内在逻辑，也为理解中国现代现实主义文学的发展提供了重要视角。

西方文论家雷·韦勒克（René Wellek）在其文学理论体系中曾指出："一部文学作品的最明显的起因，就是它的创造者，即作者。因此，从作者的个性和生平方面来解释作品，是一种最古老和最有基础的文学研究方

① 茅盾：《八月的感想》，载《文艺阵地》1938年第1卷第9期。

法。”[①] 通过对费德林与利希查两位学者研究成果的考察，我们可以发现其研究方法虽同属韦勒克所言的“传统范式”，但在具体取向上却形成了鲜明的学术分野。就研究视角而言，两位学者虽都聚焦于茅盾创作的时代性特征，但费德林更注重宏观把握作品题材与时代语境的关联，而利希查则侧重于微观分析人物形象所承载的时代精神。这种差异具体表现为：费德林的研究倾向于从社会历史维度对作家精神世界进行整体观照，利希查则更关注具体文本中人物塑造的艺术特征。在方法论层面，两位学者形成了互补性的研究范式：费德林采用“由人及文”的批评路径，着重探讨作家主体意识与时代精神的互动；利希查则坚持“以文见人”的分析方法，通过文本细读揭示文学形象的历史内涵。尽管研究方法各有侧重，但他们的研究成果共同构成了对茅盾创作思想与艺术成就的立体认知，为理解中国现代现实主义文学提供了重要的理论参照。这种研究方法的差异性，恰恰印证了文学批评的多元可能性。正如韦勒克所言，传统的作家研究方法仍具有持久的学术价值，关键在于如何通过创新性的阐释视角，深化对文学现象的理解。费德林与利希查的研究实践表明，即使是基于相同的方法论传统，也可以通过不同的研究路径，获得对作家创作的新认识。

二、索罗金的《茅盾的创作道路》与叶子铭的《论茅盾四十年的文学道路》

作为俄罗斯汉学界的重要学者，索罗金在中国文学研究领域取得了卓越成就。作为苏联科学院远东研究所高级研究员，其学术研究主要涵盖两个维度：中国古典戏剧与中国现当代文学。在古典文学领域，他于1979年出版的《13—14世纪中国古典戏剧：起源、结构、形象、情节》是俄

① [美]雷·韦勒克、[美]奥·沃伦：《文学理论》，刘象愚等译，生活·读书·新知三联书店1984年版，第68页。

苏学界首部系统研究元杂剧的专著，奠定了其在该领域的学术地位。在中国现当代文学研究方面，索罗金的学术贡献尤为突出。1958年，他以《〈呐喊〉与鲁迅创作道路的开始》获得副博士学位，该论文从作家生平切入，系统分析了鲁迅早期创作的思想艺术特征。在茅盾研究领域，他更堪称集大成者：1972年重译《腐蚀》并出版同名作品集；1991年主编《茅盾选集》；特别是1962年出版的《茅盾的创作道路》，作为俄苏学界首部茅盾研究专著，具有里程碑意义。该著作通过翔实的生平考察和文本分析，全面展现了茅盾的文学成就，将俄罗斯的茅盾研究推向新的高度。为深入评估索罗金研究的学术价值，本研究拟将其《茅盾的创作道路》与叶子铭《论茅盾四十年的文学道路》进行对比分析。这种比较研究的视角，不仅能够凸显索罗金专著的方法论特色，更能通过跨文化的研究对话，揭示中俄学界在茅盾研究上的异同，从而更全面地把握茅盾文学的世界意义。需要说明的是，这种比较并非简单的优劣评判，而是旨在通过学术对话，深化对茅盾创作的理解。

本研究选取叶子铭《论茅盾四十年的文学道路》作为比较对象，主要基于以下学术考量。首先，从学术影响来看，索罗金在其专著前言中明确提及并高度评价了叶子铭的著作，称其为“最新最全面的茅盾研究”。这一学术引证表明，叶著很可能构成了索罗金研究的重要参考，两者之间存在明确的学术对话关系；其次，就出版时序而言，两部专著具有显著的同时代性。叶子铭的著作首次出版于1959年（1978年修订再版），索罗金的专著则出版于1962年。这种时间上的接近性，为考察中苏学界在同一历史时期对茅盾的阐释差异提供了理想样本；最后，从学术地位考量，两部著作在各自学术传统中都具有开创性意义。叶著是中国学界第一部系统研究茅盾的专著，而索著则是俄苏学界首部茅盾研究专著。这种“双首部”的特性，使比较研究更具方法论价值。本研究将从形式结构与内容阐释两个维度展开系统比较。（1）形式层面：考察两部专著的体例安排、章节设置等结构特征；（2）内容层面：分析其对茅盾创作分期、作品评价等核心问题的阐释异同。通过这种比较，不仅可以揭示中苏茅盾研究的各自特点，更能深入理解不同文化语境下文学接受的差异性，从而为跨文化的中国现代文学研究提供新的视角。

（一）形式上的异同

从学术研究范式来看，叶子铭与索罗金的茅盾研究专著呈现出显著的共性特征与差异性特征。两部著作在研究方法和叙述逻辑上具有以下共同特点。

第一，在研究基础方面，两位学者都建立在扎实的史料梳理之上，采用历时性研究方法，系统考察了茅盾数十年的文学实践轨迹。他们的研究不仅聚焦于茅盾的文学创作，还涵盖了其理论主张、翻译活动等多元面向，构建了多维度的作家研究体系。

第二，在方法论层面，两部专著均采用社会历史批评方法，将茅盾的文学活动置于特定的历史语境中加以考察。通过分析时代背景、作家与革命运动的互动关系，深入阐释了茅盾创作的社会意义和思想价值，完整呈现了其社会活动、思想演进与文学成就的内在关联。

在叙述结构上，两部著作都遵循了“宏观历史语境 — 作家创作环境 — 作品文本分析 — 学术价值评估”的研究路径。这种系统化的分析框架确保了研究的全面性和逻辑性。

然而，两部专著在研究取向上存在明显差异。叶子铭的研究更注重艺术本体论分析，着重探讨茅盾作品的美学特征和艺术创新。在学术立场上表现出更强的批评性，经常引证并回应同期中国学界的相关研究，展现出鲜明的主体意识。相比之下，索罗金的研究更侧重社会历史语境的还原，通过细致的人物形象分析来揭示作品的社会内涵。其研究方法更具客观描述性，评价相对克制，更注重通过文本细读来呈现研究发现。这种差异既反映了中苏文学研究的学术传统分野，也体现了个体研究者的学术风格特征。

两部专著均采用了历时性研究方法，对茅盾的文学创作道路进行了系统性考察。叶子铭的《论茅盾四十年的创作道路》通过将茅盾的文学活动置于五四运动后四十年的历史语境中，建立了一种“革命发展 — 作家成长”的双轨分析模式。该研究不仅考察了茅盾各个时期作品的审美特征，还深入分析了其创作成就与局限，从而实现了对茅盾文学实践的整体把握。索罗金的《茅盾的创作道路》同样采用了历时性研究框架，其分析路径具有以下特征：首先，通过翔实的历史语境还原，系统考察了中国革命进程与茅盾创作发展的互动关系；其次，以作家的创作实践和理论主张为依据，勾勒出其从早期探索到成熟创作的发展轨迹；最后，在充分肯定茅盾塑造的典型人物形象和优秀作品的同时，也对其创作中的艺术局限进行了学理性批评。这种历时性研究方法使两部专著能够动态地展现茅盾创作的发展过程，既把握了各个时期的创作特征，又揭示了其艺术探索的内在连续性。通过将作家创作与社会变革紧密联系，两位学者都成功地构建了兼具历史纵深和理论深度的研究范式。

虽然这两部专著皆以时间为序，但在章节划分上，两位研究者有着不同的处理。叶子铭在论著中将茅盾的文学分期分为步入文学领域以前（1896 — 1916）、早期的文学活动（1916 — 1926）、创作的苦闷、摸索时期（1927 — 1929）、转变期创作（1930 — 1931）、创作发展期（1932 — 1937）、抗战时期（1937 — 1945）和抗战胜利后（1946 — ），全书的目的是在着重突出茅盾在新民主主义革命时期的文学活动和思想、创作的发展历程的同时，“又适当兼顾到茅盾一生的思想发展和文学活动的情况”[①]。可以看出，他的分期是非常细致明朗的。而索罗金的全书分为：文学活动开端、为人生的文学、早期创作、重新上路、中国社会的史诗和战争时期的茅盾创作六个部分，并没有明确的分期，在笔者的研读过程中，

① 叶子铭：《论茅盾四十年的文学道路》，上海文艺出版社1959年版，第11页。

尽力将此专著各部分明晰："文学活动开端"这一章主要是介绍茅盾的生平以及1916年至1924年的编辑工作和批评文章的发表；第二章"为人生的文学"则是将1925年之前茅盾的文艺批评活动进行概述，分析这一时期的文艺理论批评文章；第三章的"早期文学创作"是对《蚀》三部曲的重点研究，也就是茅盾1927年的文学创作；第四章"重新上路"是对《虹》《三人行》《路》以及短篇小说集《野蔷薇》和历史小说的评析，属于1929年到1931年；第五章"中国社会的史诗"则是对1932—1937年的《子夜》、农村三部曲（《春蚕》《秋收》和《残冬》）的集中分析；"战争时期茅盾的创作"涵盖了1937—1945年的《第一阶段的故事》《腐蚀》等多部作品。索罗金的章节处理也存在一些问题。首先，索罗金虽然按照时间顺序论述，但在茅盾各个时期的特点的把握上有所偏差，如第三章的《蚀》和第四章介绍的短篇小说集《野蔷薇》虽然写于不同年份，但创作两部作品时的茅盾都处于无限苦闷和对文学重新探索阶段，都笼罩在悲观的情绪之下，因而应该放在一起进行评述。其次，分期不准确也使索罗金的叙述有些混乱。第二章作者整体概述了步入文学创作之前的茅盾的文艺批评，其意图是让读者明晰茅盾早期的文艺理论建设，茅盾1921年进入文学研究会，文学研究会的宣言中明确提出了"文学要反映人生"的现实主义主张，因而第二章中的茅盾是在文学研究会的框架下的，即从1921年到1926年，而这与第一章介绍的内容显然有所重合。

（二）内容上的异同

作为中俄两国茅盾研究的奠基性著作，叶子铭与索罗金的专著在学术史上均具有开创性意义，但在研究视角与内容处理上存在显著差异，尤其在文艺语境阐释方面呈现出不同的学术取向。

第一，对茅盾所处的文艺界环境的介绍。分析任何一个作家的文学活动，都离不开文艺界的大背景。叶子铭在《论茅盾四十年的文学道路》中缺少在当时文艺界的环境下论述茅盾的文学道路。正如上文所言，两部专著均不乏对社会大环境的描写、对政府当局的评述，但叶子铭对茅盾身处的文艺界却只是只言片语，比较零碎的论述。虽然叶子铭提道："茅盾是'五四'新文学运动的积极参加者和倡导者，我国现代革命文艺战线上的一名杰出的老战士，"① 可是却没有联系具体事例来充分地验证这一重要的结论。因此，在评价茅盾在整个文艺界的地位、成就和贡献时稍显空泛。这种处理方式在一定程度上弱化了茅盾参与文学论争、引领文艺思潮的历史细节，使其在文艺界的实际影响未能得到充分展现。相较而言，索罗金的《茅盾的创作道路》构建了更为完整的文艺语境分析框架。汉学家首先系统考察了文学研究会、左联等文艺团体的发展历程及其对茅盾的影响，同时又详细分析了鲁迅、瞿秋白等同时代作家与茅盾的思想互动，更客观呈现了新文学与封建旧文学、资产阶级文艺思潮的论争背景。这种将作家置于具体文艺网络中的研究方法，有效避免了孤立化解读的局限，更能准确呈现茅盾作为文艺活动家的多重身份。对于茅盾这样深度参与现代文艺建设的作家而言，索罗金的这种语境化研究路径显然更具解释力，它不仅揭示了作家个体的创作轨迹，更再现了整个文艺场域的动态发展过程。这种差异既反映了中苏学者不同的学术关注点，也体现了在史料运用和研究方法上的不同取向。

第二，两部专著在研究方法上存在一个共同的局限：未能将茅盾的创作置于同期文学创作的参照系中进行比较分析。这种研究视角的缺失在一定程度上削弱了学术论证的深度和说服力。以《蚀》三部曲的评价为例，茅盾的现实主义创作方法使其作品深刻反映了特定历史时期的社会心理。当这部带有小资产阶级知识分子彷徨情绪的作品问世时，确实引发了诸多批评。虽然两位学者都关注到这一批评现象 —— 叶子铭着重回应了当时的批评意见，索罗金则引述了中国学界的不同声音 —— 但他们都未能指

① 叶子铭：《论茅盾四十年的文学道路》，上海文艺出版社1959年版，第1页。

出，《蚀》所表现的思想倾向在当时文学界具有相当的普遍性。若能考察同期文艺刊物上的其他作品，便可证实这种消沉情绪是革命低潮时期相当一部分作家的共同心理状态，从而更客观地评估《蚀》的历史意义和茅盾后期自我批判的思想价值。同样，在对《子夜》的讨论中，两部专著都未能将其与左联时期其他长篇小说进行横向比较。这种比较研究的缺失导致：难以充分展现茅盾在创作准备上的独特性，无法准确评估该小说在艺术成就上的突破性，弱化了对其在社会主义现实主义文学发展中历史地位的论证。这种语境化研究的不足，使得两部专著在评价茅盾创作的创新性和历史地位时缺乏足够的参照维度。事实上，通过将茅盾作品与同时期创作进行比较，不仅能更清晰地把握其艺术特色，也能更准确地定位其在中国现代文学史上的贡献。

第三，两部专著在研究维度的选择上呈现出明显的学术取向差异，主要体现在研究广度和重点作品的选取两个方面。叶子铭的研究呈现出鲜明的重点突破特征。在《论茅盾四十年的文学道路》的篇章结构中，作者对茅盾不同时期的创作进行了选择性聚焦。以第六章为例，虽然设置了“题材的扩大”“30年代的画家”等子标题，但实际论述明显向《子夜》倾斜，这种处理方式使核心作品得到了深入阐释。然而，这种研究策略也带来一定的局限性：一方面，后期作品如《腐蚀》《清明前后》等仅获得相对简略的分析；另一方面，茅盾在中华人民共和国成立后的文艺批判活动和作家培养工作等重要内容未能得到充分关注。索罗金的研究则展现出更系统的整体性视野，研究范围很完整，涵盖从早期文论到后期文学活动的全过程，同时作品分析保持均衡性，对《蚀》三部曲的重视程度与《子夜》相当。除此之外，研究维度更具包容性：特别关注了文艺思想批判实践、青年作家培养工作和创作指导活动等常被忽视的方面。在重点作品的选取上，两位学者也表现出不同倾向：叶子铭将《子夜》作为绝对核心，而索罗金则给予《蚀》三部曲与《子夜》相近的学术关注。这种差异既反映了研究者的学术判断，也体现了中俄学界对茅盾创作价值认知的微妙差别。索罗金作为外国研究者所具有的相对客观的学术立场，使其能够突破某些本土研究的局限，构建起更为全面的茅盾形象。这种多维度的研究路径，不仅弥补了中国学界的研究空白，也为国际茅盾研究提供了更丰富的学术参照。

第四，对个别作品评价的差异。以《蚀》三部曲为例。茅盾的三部曲作品产生于五四运动到大革命时期，当时文坛在小说创作方面的成绩非常有限，且主要集中于短篇小说方面，比较有影响的中长篇小说还很少，而《蚀》是第一部用三个连续中篇构成的大型作品，因此受到人们的广泛关注。《蚀》三部曲的出现震动了当时的文坛。在内容上它及时而迅速地反映了大革命时代的现实，真实反映了小资产阶级青年在大革命时代向往光明和幻灭彷徨的精神面貌。但对这部作品的意见是存在分歧的。叶子铭在《论茅盾四十年的文学道路》中客观评价了《蚀》："当然，我们说《蚀》的基调是悲观的，对当时的革命形势估计是有错误的 …… 但是我们不能够因此就全盘否定这部作品。"并在后面的论述中分析了《蚀》三部曲的艺术价值和现实意义。认为"《蚀》是作者以大革命时代的生活经验作基础写成的，它仍然忠实地表现了大革命时代局部的历史现实，描写了小资产阶级青年的精神面貌，表现他们在革命斗争中的弱点。因此，它仍具有一定的教育作用"。[①] 而索罗金作为异域研究者，对《蚀》的态度是不同的。他一方面肯定了作品的价值："《蚀》是中国现代文学史上第一部表现小资产阶级在革命中地位的作品 …… 展现了人物的复杂性和多样性"[②]，但更多的是从微小部分对这部作品中的不足更为重视，例如，索罗金认为虽然三部作品以共同的中心思想为基础，按照时间顺序进行叙述，但却没有在内容上达成统一；虽然有些人物出现在其中的两部之中，但却毫不相

① 叶子铭：《论茅盾四十年的文学道路》，上海文艺出版社1959年版，第64页。

② Сорокин В. Творческий путь Мао Дуня. М., 1962. Издательство восточной литературы, с.32.

关，同时虽然具有浓厚的时代色彩，但从中只能看到人生的悲剧，在这部作品中，没有刻画一个正面的积极人物，没有批判当时小资产阶级中的悲观情绪，在一定程度上没有真实地反映时代以及它不能算是一部成功的现实主义小说，等等。显然，俄罗斯研究者还停留在这部小说刚刚面世时中国读者的态度和观点上，其研究在一定程度上存在滞后性。

第五，索罗金专著中的独特内容。除了以上内容，索罗金的《茅盾的创作道路》中还有一些内容是叶子铭的论著中没有涉及的，展现了他的出于中国文学研究角度考虑的独特视角。

首先，文中多次提及茅盾对俄苏文学的翻译、宣传，并对于俄苏作家及文学对茅盾创作特色形成所发挥的影响给予特别关注。茅盾是我国早期宣传西方文学的佼佼者，而作为苏联中国文学研究者，索罗金更为关注的是茅盾对俄苏文学的态度，“在茅盾的早期文章中能够看到他对我国文学的高度评价。毫无疑问，茅盾如朋友般对待俄苏文学”[①]，显然，他对于茅盾的做法是赞许的。索罗金认为苏联革命现实主义作家高尔基对茅盾的影响是巨大的。他特别引用了作家在《关于高尔基》中的观点：“普罗文学并不是革命口号的图解，而应该像高尔基的作品那样血肉丰满。”并认为茅盾在后期强调深剖社会历史的规律与表现深厚的生活内容，也都是从高尔基的革命现实主义创作中受到启示的。“在文学创作中高尔基对茅盾的影响也是巨大的，茅盾看到了高尔基现实主义艺术成就的取得在于以恢宏的眼光着力进行细节的描写”“茅盾作品内容覆盖生活的多个方面：苦闷的小资产阶级知识分子、生活困窘的劳苦大众、钩心斗角的大资本家等等，但其作品描写重心却在心理现实上，如《子夜》对吴荪甫在公债投机、企业活动和家乡事业等方面的复杂心理活动。”当然，索罗金的论述无疑是准确的。除了高尔基，索罗金认为屠格涅夫塑造典型人物的方法也为茅盾所关注。索罗金翻译了茅盾在《自然主义与中国现代小说》中的一段话：

① Сорокин В. Творческий путь Мао Дуня. М., 1962. Издательство восточной литературы, с.37.

“小说像选取一段人生来描写，其目的不在此段人生本身，而在另一个内在的根本问题。批评家说俄国大作家屠格涅夫写青年的恋爱不只是写恋爱，是写青年的政治思想和人生观。”① 索罗金指明茅盾的《蚀》三部曲中学习了屠格涅夫的现实主义手法 —— 将人物和环境结合起来描写。“人物的刻画处于典型环境之中，他们的命运被展现得淋漓尽致，作家通过笔下青年对爱情的追求及幻灭和如方罗兰等官僚在婚姻中的动摇，如实地反映时代的特点。”② 我国著名的左翼批评家钱杏邨也说过《幻灭》的结构得益于《前夜》不少。从《蚀》三部曲、《虹》《子夜》到20世纪40年代的《腐蚀》等作品，茅盾的创作表现出的是宏观把握时代进程的特点，在一定程度上保持了他与屠格涅夫的某种内在的联系。不过在笔者看来，这也许是人同此心，心同此理，却并非茅盾的本意，正如茅盾本人的予以否定，他明确自己对此种批评的态度和观点：“记得我的《幻灭》发表了后，有一位批评家说我很受屠格涅夫的影响，我当时觉得很诧异，因为屠格涅夫我读得最少，他是不在我爱之列的”③

其次，书中还用大量笔墨指明茅盾在社会大背景下创作的巨大作用：“既揭露统治者反人民、反正义的罪恶，批判小资产者革命的摇摆性；又描绘和表现工农大众包括革命者为自由解放、为公理和正义所做的斗争。”④ 显然，在索罗金眼中，对茅盾的考察并没有局限于文学的范畴，而是考察了他作为一个社会活动家的方方面面。虽然书中有些观点稍有偏颇、仍需探讨，但却在当时乃至今日都为读者了解茅盾的作品和认识茅盾的创作，提供了毋庸置疑的帮助。

---

① 茅盾：《自然主义与中国现代小说》，见复旦大学中国文学批评史研究室编、王永生主编：《中国现代文论选》（第二册），贵州人民出版社1984年版，第37页。

② 茅盾：《自然主义与中国现代小说》，《中国现代文选论 第二册》，贵州人民出版社，1984年，第37页。

③ 茅盾：《茅盾论创作》，上海文艺出版社1980年版，第26页。

④ 李明滨：《中国文学在俄苏》，花城出版社 1990年版，第223页。

第二章　茅盾作品的俄译本分析

媒介学是比较文学影响研究的一个重要组成部分，媒介学包括一国作品输入另一国之方式，作品流传的中介等，其实质即从中介者出发，研究沟通放送者与接受者的媒介，如翻译、改写、模仿、引述等。比较文学中影响研究具有很大的意义，而翻译则是影响研究中传播媒介最重要的课题。它是一国文学在另一国度产生影响的开端，译本的优劣直接关乎作品能否对接受者产生影响。因而笔者在本章中将对茅盾作品《子夜》与短篇小说的俄译本进行分析。

第一节　《子夜》俄译研究

一、《子夜》的三个俄译本

1931—1932年，茅盾完成了长篇小说《子夜》的创作，并于1933年出版，一时间该作品在国内外引发了强烈反响。1934年伊万诺夫将《子夜》第十三章翻译成俄文，以节选译本的形式在俄国首次对小说进行译介。伊万诺夫把小说名《子夜》翻译为«Рассвет»，把该部分内容命名为

《罢工之前》(«Перед забастовкой»)，发表于1934年第5期的《青年近卫军》(«Молодая гвардия»)，译文共计11个版面。作为苏联官方的权威媒体,《青年近卫军》杂志创刊于1922年，最早是由全俄共青团中央在莫斯科创办，该杂志具有庞大的受众群体和发行量，仅第5期杂志印数就达到15200册，因而作为该期《国外》栏目的唯一作品,《罢工之前》一经译出就引发热议，1935年瓦西里耶夫为俄译本《动摇》(«Колебания»)所作序言以及1936年鲁德曼的《中国革命作家——茅盾（沈雁冰）》均提及该作品。《子夜》的第十三章不仅是情节上的高潮，也包括对主要人物、社会矛盾、阶级斗争和现代性追求与缺失等诸多方面的深刻展现，对全书的主题和意义的理解具有重要作用，这部分内容无疑会激发读者继续阅读的兴趣，是《子夜》首次在俄国亮相的最佳选择。然而，作为中国现代文学译介的早期尝试,《罢工之前》的译文质量在细节上还存在一定的完善空间。例如，译者省略了突出人物间矛盾和心理变化的部分自然环境描写；作品中体现工人阶级语言特征的俗语、脏话，如“走狗”“瘪三”“吊膀子”“吃豆腐”等词语的翻译并不准确；甚至中文人名的翻译和性别的使用都有待推敲。但仅从作品内容的还原度和其开拓意义来讲，汉学家的翻译工作无疑推动了茅盾在俄国的接受。一方面，该译作发表于《青年近卫军》，基于其广泛的影响力,《子夜》被苏联乃至更多的俄语国家认识。另一方面，伊万诺夫在译文前介绍茅盾是“中国现代文学最著名的作家之一”，并认为“《子夜》是近三十年中国现代文学中最有意义的作品之一”。这种正面评价无疑有助于提升茅盾在俄国的声誉和影响力，对于早期的文学家来说是非常重要的。

1935年,《子夜》的第二个节选俄译本《暴动》(«Мятеж»)发表于苏联的《国际文学》(«Интернациональная литература»)第5期，译者是普霍夫。该译文后续也收录于哈尔科夫出版社（Харьков: Державне литературне видавництво）1936年11月出版的《中国文学作品选》

（«Китай. Литературный сборник»）。译文节选自《子夜》第四章，集中描绘了双桥镇农民起义的风暴场景。尽管从表面上看，此章节与全书主线关联不甚紧密，实则通过对农民起义的生动描绘，深刻揭示了当时中国农村复杂的社会矛盾与激烈的阶级斗争，是对全书主题的重要补充与深化。值得注意的是，普霍夫是基于英文版本进行的转译。通过与原作的细致比对可知，《暴动》的译文在内容上基本保持了完整性，未出现明显的漏译或简略处理现象。在还原地主曾沧海使用的大量文言文与俗语时，译者主要采用直译策略以忠实传递原文信息。诸如“青天白日满地红”“土豪”“比肩而南面共治”“阿弥陀佛”等具有文化特色的表达，均通过恰当的翻译处理在译文中得到准确呈现。①

节选译本的发表为《子夜》全译本在苏联的出版提供了动力。1937年，浩夫（Хо Фу，普霍夫的笔名）、鲁德曼的合译《子夜》由列宁格勒国家文学出版社（Ленгослитиздат）出版，这是《子夜》首个俄文全译本，《子夜》的俄译名也正式确定为«Перед рассветом»（“黎明之前”）。资料显示，《子夜》是茅盾被外译语种较多的作品之一。英译本《子夜》由史沫特莱（Agnes Smedley，1892 — 1950）等人在1936年完成，但因战争爆发而未能及时出版②。德国著名汉学家弗兰茨・库恩（Franz Kuhn，1884 — 1961）虽称自己的德译本《子夜》“是欧洲第一个版本”，但就1938年的年份而言，确也晚于俄国的1937年。因而，从出版日期来看，1937年《子夜》的俄译本是世界范围内的首个译本，这也从侧面反映出俄国学者对茅盾和该作品的关注。整部译作共计654页，32开精装本，封面为白色，居中位置以橙色突出书名«Перед рассветом»及作者名（Мао Дунь），印数为5300册。

① 该译本大部分内容被保留在1937年的《子夜》俄文全译本中，在一定程度上反映了后续译者对普霍夫译文质量的认可与肯定。

② 郑彭年：《文学巨匠茅盾》，新华出版社2001年版，第153页。

在小说正式出版后的第四年就出现了俄文全译本，其背后的原因也值得思考。有学者认为其原因包括三个方面。首先是茅盾对于苏联文学的吸收和学习，使得《子夜》与俄国的文学作品一脉相承，因而俄国读者容易接受；其次，苏联汉学家具备了译介中国文学的能力；再次，翻译家和文学理论家萧三的推荐，萧三为全译本写下7000字序言，认为《子夜》“不仅是当代中国最伟大的作家茅盾的重大成就，同时也是整个中国文学的重大成就[①]。”除了上述原因，本书认为，《子夜》在俄国引人注目，还缘于苏联汉学家的研究转向和《子夜》本身的作品风格。俄国汉学传统具有鲜明的实用主义特征和政府主导倾向。纵观其发展历程，中俄关系的演变与俄国政府的政策导向始终是影响汉学研究走向的关键因素。20世纪30年代，中苏关系密切，苏联培养了一批专注于中国文学研究的汉学家，如瓦西里耶夫（Б. А.Васильев，1899 — 1937）、什图金（А. А. Штукин, 1904 — 1963）、费德林（Н. Т. Федоренко，1912 — 2002）、艾德林（Л. З. Эйдлин, 1909 — 1985）等人，他们拓展了研究的范畴和领域，逐步将关注点从中国古典文学向中国现代文学倾斜，努力探究新文学所折射出的中国社会的历史性变化[②]，而茅盾的作品无疑为其提供了一个通透的窗口，作家记录时代的意识和挖掘时代本质的创作在一定程度上满足了俄国汉学家们探究20世纪中国社会的需求和渴望。

1941 — 1945年苏联卫国战争时期，多位汉学家弃笔从戎，暂停了翻译和研究工作，这一情况到20世纪50年代以后得到好转。伴随着战争的结束以及中苏关系蜜月期的到来，苏联对中国新文学表现出极高热情，茅盾作品翻译与研究亦步入繁盛期。1952年，鲁德曼重译《子夜》，并由莫斯科国家文学出版社（Гослитиздат）出版，此为《子夜》的第二个俄文

---

① 宋海东：《〈子夜〉俄译本出版小史》，载《书屋》2023年第7期，第41–43页。

② 王玉珠：《茅盾作品在俄罗斯的译介与研究》，载《国际汉学》2020年第4期，第189–194页、第204页。

全译本。该书共484页，32开精装本，整体为深蓝色，封面以橙黄色自上而下居中标注作者名（Мао Дунь）和书名（«Перед рассветом»），印数为30000册。在译前序中，除了必要的作者和作品的介绍外，译者还强调了四点翻译原则：一是不追求完全准确传达原文语言，以免出现大量注释；二是为便于理解作品，有时不遵循原文标点，对过长或重复部分进行删减简化；三是放弃准确传达某些反复出现的语句；四是目的是让苏联读者更好地了解中国革命文学的优秀作品，并使其更易读。

第三个俄文全译本出版于1955年，由鲁德曼和另一位汉学家乌利兹卡亚共同完成。1952年译本出版后，虽然译者已经提出了遵循的翻译原则，但作品的呈现和媒体的反馈并不理想，认为译文存在大幅删减和误译，鲁德曼也因此受到了苏联作家协会的严厉批评①。1955年《茅盾选集》（«Мао Дунь. Избранное»）出版前夕，鲁德曼提交了翻译样章，在获得认可后继续翻译。但当他译至第十三章时，突发心脏病蓦然离世。乌利兹卡亚完成了余下章节的翻译。精通中俄双语的嵇直（1901 — 1983）对整个译本进行了校对，并给予高度评价，认为若《子夜》俄文译本能获得苏联读者的好评，鲁德曼当立首功。最终，该版本《子夜》被收录于《茅盾选集》，并成为权威俄译本在俄国多次再版发行。整部《茅盾选集》同为32开精装本，封面以橙色为底色，居中以烫金字体放大标注了作者名（Мао Дунь），整本书共计696页，其中《子夜》占520页，印数为30000册。

1956年，由费德林主编的三卷本《茅盾文集》(«Мао Дунь. Сочинения в 3 томах»）问世，其中收录了茅盾多部作品和数篇文章，第二卷为《子夜》，译本同为鲁德曼和乌利兹卡亚的合译本。三卷本由国家文学出版社出版，封面设计以红色为主体，庄重大气，印数高达90000册。同样收录《子夜》第三个译本的还有1959年国家文学出版社发行的单行本《子夜》。

① 宋海东：《〈子夜〉俄译本出版小史》，载《书屋》2023年第7期，第41–43页。

该版本为豆青色漆布精装本，书名（«Перед рассветом»）以烫金字体居中呈现，显得格外醒目。全书共计519页，印数为45000册。高质量的译文与庞大的出版量共同推动了《子夜》在俄国的广泛传播，使其成为中俄文学交流中的一部重要作品。

进入20世纪60年代以后，中苏关系恶化，加之“文革”的特殊时期，汉学家们对现代文学的译介和研究处于“观望”状态。1989年，中苏外交关系恢复正常，但此时的苏联汉学界消减了对中国现代文学的研究热情，转而对反映我国改革开放之后社会巨变的当代文学更为感兴趣。苏联解体后，这一情况愈演愈烈，中国现代文学几乎处于无人问津的境地。因而，在1959年后的很长一段时间里，《子夜》都没有再版流通。直至2017年，在中俄两国政府主管部门和两国使馆的指导下，在“中俄经典与现代文学作品互译出版项目”的框架支持下，由罗季奥诺夫（А. А. Родионов，1975—）主编的《子夜》在21世纪再次与俄罗斯读者见面。该书共计592页，收录了《子夜》、乌利兹卡亚翻译的农村三部曲《春蚕》《秋收》《残冬》以及苏霍鲁科夫（В. Т. Сухоруков，1929—2008）译的《林家铺子》。封面设计简约而不失雅致，整体以淡黄色为基调，上方以醒目的红色字体标注了作家的俄文名（Мао Дунь）和书名«Перед рассветом»（《子夜》的俄文译名），整个版面布局简洁明了。与以往版本不同的是，新版译作在封面下方巧妙融入了茅盾青年时期的珍贵照片，为这部作品增添了几分历史的厚重与温度。此次出版的《子夜》印数为3000册，并于次年（2018年）顺利再版。

值得一提的是，与以往由国家文学出版社独家出版的惯例不同，该书由海波龙出版社（Гиперион）推出。苏联文学出版社的前身是成立于1930年的国家文艺出版社（ГИХЛ），1934年更名为国家文学出版社（Гослитиздат），到1963年又更名为文学出版社（Издательство «Художественная литература»）。作为苏联最大的国家级出版社，该社出版物具有权威性和广泛的影响力，因而《子夜》在苏联得以广泛传播和接受也在一定程度上得益于该出版机构的强力推动。海波龙出版社成立于1995年，是集出版和销售于一身的商业化图书机构，由它接棒继续从事中国文学的出版和推广，在一定程度上反映了新时期文化交流的连续性和差异性以及出版社在新阶段文化传播中的适应性。同时，海波龙出版社的参与也意味着文学作品传播方式的多样化。除了传统的书籍出版，同时期《子夜》还兼具了电子书、有声书等数字出版形式，这也有助于该作品以更多样的形式走向更广阔的市场，并收获更多的读者关注。

总体而言，《子夜》的俄文译本不仅在出版时间、翻译者、出版社和出版量上有所不同，而且在翻译质量和社会反响上也存在差异。1937年的首个俄译本具有开创性意义，1952年的第二个俄译本反映了苏联对中国新文学的热情，而1955年的第三个俄译本则因其翻译质量和后续的再版发行，成为权威俄译本。这些译本的出版使得茅盾和《子夜》走进了俄罗斯汉学界的研究视野，这不仅促进了俄罗斯对中国现代文学的了解，也为学者们提供了研究中国现代文学的重要资料。

第三个俄译本是《子夜》俄译本的官方版本，它代表了俄国汉学家的语言能力和学术水平，一直沿用至今。时至今日，仔细研读该译本也能体会到其语言表达的传神以及对作品高度的还原。因而在下一节中笔者将从语言学层面，细致探讨俄译者对茅盾原作语言风格的传递。

二、《子夜》俄译本中语言风格的传递

文学翻译中的风格传递问题始终是翻译实践与理论研究的核心议题。福楼拜(Gustave Flaubert)关于“风格即作品生命”的论断，深刻揭示了风格要素在文学创作与翻译中的本质性价值。这一观点在中国翻译理论传统中得到了多重呼应：严复在《天演论·译例言》中提出了“信、达、雅”

三原则，其中“雅”的标准虽源自桐城派的古文美学，实则蕴含着对原作风格再现的要求；林语堂在《论翻译》(1933)中确立的“忠实、通顺、美”三重标准，更明确主张艺术作品的翻译必须“风格与内容并重”；茅盾本人亦强调译文应当保留原作的“情调与风格”。这些理论共识共同指向一个核心命题：风格翻译的质量直接决定着文学译本的艺术生命力。基于此理论认知，对《子夜》俄译本的风格传递进行系统考察具有重要的学术意义。

作为中国现代文学的语言艺术典范，茅盾在《子夜》中展现了卓越的语言造诣，其独特的语言风格构成了作品艺术价值的重要维度。学界普遍认为，《子夜》的语言风格主要体现在以下四个相互关联的层面：古典语汇的创造性、运用口语表达的传神处理、修辞手法的多样运用以及句法结构的精密组织。基于上述风格特征，本研究将系统考察俄译者在以下方面的处理策略：古语元素的跨文化转换、口语特色的等效再现、修辞格调的审美传达和句法结构的适应性调整。这种多维度分析不仅能够评估译本的艺术完整性，更能揭示文学翻译中风格传递的普遍规律。正如翻译理论家纽马克(Peter Newmark)所言，风格翻译直接关系到文学作品在跨文化传播中的审美价值保存。

（一）古语词的翻译

茅盾从小就涉猎和研究我国文学典籍，这为其创作奠定了雄厚的语言基础。在《子夜》中他广泛使用古语词和句式，或是揭露讽刺，或是表现庄重，为小说增色不少。下面通过一些实例来对俄译者的处理进行分析。

例1：到现在，曾沧海的地位降落到他自己也难以相信：双桥镇上的“新贵”们不但和他比肩而南面共治，甚至还时时排挤他呢！①

С того времени положение его пошатнулось: «новая знать» Шуанцяо

① 茅盾：《茅盾全集·小说三集》（第三卷），《茅盾全集》编辑委员会编辑，人民文学出版社1984年版，第93页。

не только распоряжалась в городке наравне с ним, но даже все время оттирала его на задний план.①

曾沧海是“南面而治”的“土皇帝”，可是“新贵”们崛起，动摇了他的“统治”，并且要排挤他，因此他怀恨在心。原句中茅盾用了古语“比肩而南面共治”，这一表达具有多重叙事功能。首先，在语义层面，“南面而治”典出《周易》“圣人南面而听天下”，暗喻统治权威。“比肩”一词既表示地位相当，又隐含权力角逐的紧张关系。整个短语生动呈现了地方权力格局的嬗变过程。在艺术效果上，通过雅言俗用的反差，强化了反讽张力，同时，准确揭示了传统乡绅阶层在现代化进程中的身份焦虑，更以简洁文言传递复杂的社会关系变迁，恰如其分地揭露了新老“土皇”争位的情势，又细致地刻画了曾沧海这位“土皇帝”威权失坠时的内心烦恼，达到了辛辣嘲讽的目的。在俄译处理上，译者采用“распоряжаться...наравне с ним”的意译方案，在语义传达上，“наравне с ним”准确传达了权力平分的核心语义，“распоряжаться”虽未完全对应“治理”的庄重感，但抓住了权力运作的实质。在风格上，译文舍弃了原文的文言形式特征，通过动词“распоряжаться”（支配、管理）保留了权力话语的基调，并添加“оттирала его на задний план”强化了排挤的动态效果。在文化适应上，一方面避免了直译可能造成的文化隔阂，另一方面选用俄语中具有权力意味的常用动词，确保了可读性，最后通过语序调整突出了权力关系的转变。总体而言，译者采取了功能对等的翻译策略，虽未保留原文的文言形式，但通过动态对等的手段，较为准确地再现了权力角逐的实质关系和文本的反讽意图。

又如：

例2：末了，这才恭而敬之地踱到儿子跟前交还这证书，连声郑重嘱

① Перед рассветом. Роман. Пер. с китайского В. Рудмана и Л. Урицкой, М., Гослитиздат, 1956, с. 85.

咐。[①]

Затем с важным видом подошел к сыну, вернул ему билет и проникновенным голосом сказал...[②]

原文“恭而敬之”以反讽性的叙事手法描写了曾沧海对儿子的恭敬态度，实则暗讽其对国民党党证象征权力的盲目崇拜，通过庄重语态与卑微行为的反差制造讽刺效果。“恭而敬之”脱胎于古语“恭恭敬敬”，添加连词“而”使其适应现代汉语语法，保留文言简洁性同时增强描写生动性。但译文“с важным видом”意为“傲慢地对待某人或某物”，和“恭而敬之”的意思恰好相反，同时在语义处理上丢失了权力符号（党证）传递的仪式感。在语言风格层面消解了原文精心构建的反讽张力，也弱化了人物行为的虚伪性暗示。从文化角度出发，译文未能传达中华传统文化中“礼”的表演性特征，同时也忽略了国民党党证在特定历史语境中的象征意义。建议译文优化为“с церемонной почтительностью”（带着仪式化的恭敬），不仅更能实现语义的对应，同时也保留原文表里不一的讽刺效果，通过形容词修饰展现行为的刻意性。

例3：冯云卿虽尚未蒙惠顾，却也久闻大名，现在听得他诉苦，就不免存下几分戒备之心了。[③]

Фэн Юнь-цин сам ни разу не испытал его метода, но громкое имя Ли Чжуан-фэя было известно ему давно.[④]

---

① 茅盾：《茅盾全集·小说三集》（第三卷），《茅盾全集》编辑委员会编辑，人民文学出版社1984年版，第101页。

② Перед рассветом. Роман. Пер. с китайского В. Рудмана и Л. Урицкой, М., Гослитиздат, 1956, с. 100.

③ 茅盾：《茅盾全集·小说三集》（第三卷），《茅盾全集》编辑委员会编辑，人民文学出版社1984年版，第222页。

④ Перед рассветом. Роман. Пер. с китайского В. Рудмана и Л. Урицкой, М., Гослитиздат, 1956, с. 208.

例3中的“未蒙惠顾”实为尖锐的讽刺。从下文看，这个“惠顾”实为：李壮飞串通教唆冯云卿献出女儿，施用美人计，大做公债的何慎庵，撺掇冯云卿再做公债。这哪里是惠顾，明明就是以女儿来谋得利益。译文中“не испытал его метода”的使用虽基本达意，但却丢失了原文“惠顾”的敬辞形式，弱化了表里不一的讽刺张力。建议采用“не удостоился его милости”（未蒙其恩惠）的译法，“удостоиться”保留“蒙受”的文言色彩，“милость”对应“惠”的正面语义外壳，同时具有权势关系暗示，符合俄语文学中的反讽传统。

除了一般性古语外，茅盾在《子夜》中还选用了大量的古成语。我们来看下面的例句。

（1）外国的企业家果然有高掌远跖的气魄和铁一样的手腕，却也有忠实而能干的部下，这样才能应付自如，所向必利。①

Иностранные предприниматели — люди талантливые и дальновидные, и рука у них железная; но это дает им возможность справляться со своими делами и получать верную прибыль.②

（2）“什么匪祸，都是带兵的人玩忽，说不定还有‘养寇自重’的心理——”③

Что же касается бедствия в Шуанцяо, все произошло из-зи нерадения военного нечальства, у которого, наверное, был расчет: «Будем держаться

① 茅盾:《茅盾全集·小说三集》(第三卷)，《茅盾全集》编辑委员会编辑，人民文学出版社1984年版，第144页。

② Перед рассветом. Роман. Пер. с китайского В. Рудмана и Л. Урицкой, М., Гослитиздат, 1956, с. 138.

③ 茅盾:《茅盾全集·小说三集》(第三卷)，《茅盾全集》编辑委员会编辑，人民文学出版社1984年版，第173页。

только до тех пор, пока существуют бандиты».①

（3）“就算我作诗的时机不对，也不劳张小姐申申而詈呵！”②

Допустим, что случай для составления стихов неподходящий, но сестрице Чжан вовсе не следует расходовать энергию, чтобы поносить меня за это.③

（4）打从今年元旦起，所谋辄左！④

С первого дня нового года неудача следует за неудачей.⑤

我们来看这些古成语的原意：

（1）高掌远跖：比喻开拓、开辟。（люди талантливые и дальновидные）

（2）养寇自重：养寇以自重，养寇是保留敌人，自重是使自己的地位显得更为重要。就是故意放着敌人不打，故意留着敌对势力或对立面，用以牵扯另一方，以此使自己的地位变得重要。（Будем держаться только до тех пор, пока существуют бандиты）

（3）申申而詈：重复地喋喋不休地骂。（поносить меня）

（4）所谋辄左：非常不幸。（неудача следует за неудачей）

茅盾在这四个句子中所使用的是非常古老的中国成语，在作品中使用这些词语为作品增添了一抹特殊的色彩，对于中国读者来说，理解这些词语还要借助工具，因而可以想象会给俄国译者带来多大的困难。这些古成

① Перед рассветом. Роман. Пер. с китайского В. Рудмана и Л. Урицкой, М., Гослитиздат, 1956, с. 163.

② 茅盾：《茅盾全集·小说三集》（第三卷），《茅盾全集》编辑委员会编辑，人民文学出版社1984年版，第24页。

③ Перед рассветом. Роман. Пер. с китайского В. Рудмана и Л. Урицкой, М., Гослитиздат, 1956, с. 30.

④ 茅盾：《茅盾全集·小说三集》（第三卷），《茅盾全集》编辑委员会编辑，人民文学出版社1984年版，第222页。

⑤ Перед рассветом. Роман. Пер. с китайского В. Рудмана и Л. Урицкой, М., Гослитиздат, 1956, с. 207.

语是不可直译的。即便采取加注的办法，也只是费力不讨好：一则会造成行文拖沓，影响阅读；二则，这种附带信息于小说主旨并无甚紧要，即便以注释的方式强加给读者，也属于冗余信息，无甚裨益。所以译者在这些成语的处理上均采取了意译，通过简洁的译文传达了成语的本义，割舍了成语的四字构成，而没有过多地纠缠于此，避免了如俗语所说的，“捡了芝麻，丢了西瓜”。

（二）口语表述的翻译

鲁迅说：“将活人的唇舌作为源泉，使文章更加接近语言，更加有生气。”《子夜》中作者采用大量富有表现力的口语，反映社会生活，逼真传神，因此作品富有时代生活气息，具有强烈的时代感和真实感。

茅盾善于准确地描写不同阶层人物的语言，包括工人、农民、资产者、土财主，因为不同阶层的人物在语言表述上是存在很大差异的。以下我们将选取文中出现的代表不同阶层的语言进行俄译本分析。

工农的语言：

阿金的丈夫赶上去对准那老头儿的脸上就是一拳，咬紧着牙齿说：

“老狗！你也要命么？”

“打死他！咬死他！曾剥皮！”

忿怒像暴风似的卷起来了。但是那位佩手枪的青年走过来拦住了众人，很威严地喝道：

“不要闹！先要审他！”

“审他！审他！老剥皮放印子钱，老剥皮强夺我们的田地！——”

“老狗强占了我的老婆！叫警察打我！”

“他叫警察捉过我们许多人了！我们要活活地咬死他！”①

① 茅盾：《茅盾全集·小说三集》（第三卷），《茅盾全集》编辑委员会编辑，人民文学出版社1984年版，第113页。

Муж А–цзинь подбежал, ударил его кулаком в лицо и заскрежетал зубами.

–– Еще жить хочешь, старый пес!

–– Бейте его до смерти! Грызите Цзэна– живодера!

Ярость людей поднялась, словно шквал, глаза метали огонь. Казалось, люди растерзают Цзэн Цан–хая. Но молодой парень с револьвером остановил их.

–– Не шуметь! Прежде будем судить его! — строго сказал он.

––Судить! Судить! Этот старый живодер занимался ростовщичеством. Он отнимал у нас нашу землю!

–– Старый пес увел мою жену и еще подослал полицейских избить меня!

–– По его доносу полиция арестовала много наших людей. Разорвать его в клочья!①

茅盾描写工农的语言，其逼真达到了惊人的程度。这段文字即使不加说明，也可以由此联想出场景中各种人物说话时的神色、动作，绘出群情震怒的场景。这主要是因为作家描摹各种人物的口吻惟妙惟肖。这段话使用了一连串的口语词，如“老狗”“曾剥皮”“老剥皮”等。下面我们来看俄译文。译文中口语词和句式与原文是对应的。“старый пес”对应“老狗”；“Еще жить хочешь”对应“你也要命吗”；“Цзэн– живодер”对应“曾剥皮”。最妙的是译文中命令式的翻译，“Не шуметь”“Судить”对应“别吵”“审他”，用动词不定式完成命令式是典型的口语句式。俄译者较为完整地传达了原文人物的语言和语态。

① Перед рассветом. Роман. Пер. с китайского В. Рудмана и Л. Урицкой, М., Гослитиздат, 1956, с. 101.

贵妇人的语言：

“珊？珊能够代替我么？——不能么？她心里有什么人罢？嗳，我的痴心！——听说陇海线上炮火厉害，打死了也就完了！完了！——可是，可是，他不说就要回上海么？呵！我怕见他！呵，呵，饶恕了我罢，放开我罢！让我躲到什么地方去罢！”[①]

«Пэй-шань? Сможет ли Пэй-шань заменить меня? — спрашивала она себя в отчаянии. — Не сможет? Кто у нее на уме? Ах ты, глупое мое сердце! Говорят, на Лунхайской дороге был ужасный бой. Если он убит, тогда конец, всему конец!... Но разве он не сказал, что вернется? Нет! Страшно... страшно увидеть его... Помилуй меня, отпусти, дай спрятаться куда-нибудь!...»[②] (166–167)

这段描写精彩地表现了吴少奶奶矛盾的精神世界。这里，因爱恋雷参谋，吴少奶奶想以阿珊做替身，继而，她由情痴而生绝情之念，貌似决绝却隐痛难除。作家用自问自答的形式层层揭开她矛盾内心的最深处，在行文上用多个短句表达情绪的转换。再来看俄译文，这段译文的处理恰到好处，即使没有看原文，我们也可以体会出女主人公矛盾的心境和痛苦的情绪。译文选用了口语味浓烈的自言自语，“Сможет ли... — Не сможет?”“Но разве он не сказал, что вернется? Нет!”，同时和原文一样译者用明快有力的短句体现了人物瞬息万变的思绪，当我们将原文和译文对照，会发现在处理上俄译者非常细心。“呵！我怕见他！”一句译文为“Нет! Страшно... страшно увидеть его... ”，译者将原文的语气词换成了语

① 茅盾：《茅盾全集·小说三集》（第三卷），《茅盾全集》编辑委员会编辑，人民文学出版社1984年版，第177页。

② Перед рассветом. Роман. Пер. с китайского В. Рудмана и Л. Урицкой, М., Гослитиздат, 1956, с. 166–167.

气更为强烈的“Нет!”，并用“Страшно... страшно”来加强原文的“怕见”，虽和原文存在差异，但却精妙地模拟了语气，得体地加强了情绪表达。

资产者的语言：

“也许不要紧，可是，可是，风色不对。我们还没布告减工钱，可是，工人们已经知道了。她们，她们，今天从早上起，就有点 —— 有点怠工的样子，我特来请示 —— 怎样办。”(60)

--Может быть, все это пустое, но... но... положение совершенно необычное... Не успели еще мы объявить о снижении заработной планы, как работницы откуда-то узнали об этом. Они... Они... сегодня с самого утра уже понемнож... немножку начали саботировать. И я... пришел, чтобы просить распоряжения.

这一段是账房先生莫干丞向吴荪甫汇报请示的片段。茅盾刻意描摹了账房先生惶急和讨好，语气上的重复和停顿，选用了“也许”“还”“已经”“有点”等加强申辩、婉转意思的口语词，并使用了“可是，可是”“她们，她们”“有点 —— 有点”来表现他的唯唯诺诺。奴才向主子报告时的窘相得以完全展现。俄译者采用直译的方法，选用了大量口语词和句式，如“Может быть”(可能)、“все это пустое”(无关紧要)、“но... но...”(但是 …… 但是)、“Они... Они...”(她们 …… 她们)、“понемнож... немножку”(有点 …… 有点)。虽然不加修饰，但莫干丞向主子汇报时的语气和神态表现得非常完整。

值得注意的是，作家有意识地利用口语的描写表现资产者的故作姿态。我们来看下面三个例子。

（1）他把他那尖利的眼光向四周围瞥了一下，然后用出最庄重最诚恳的声调来，对那一百多女工训话：

“大家听我一句话。我姓屠的，到厂里也两年多了，向来同你们和和气气；…… 我没有摆过臭架子。我知道你们大家都很穷，我自己也是穷光蛋；…… 一包丝要净亏四百两光景！大家听明白了么？是四百两银子！ …… 厂家又不能拉屎拉出金子来，一着棋子，只有关厂！关了厂，大家都没有饭吃；…… 就为的要顾全大家的饭碗！ …… 大家也总得想想，做老板有老板的苦处！老板和工人大家要帮忙，过眼前这难关！你们是明白人，今天来上工。你们回去要告诉小姊妹们，不上工就是自己打破自己的饭碗！ …… 我早就辞过职了，吴老板还没答应，我只好做一天和尚撞一天钟！你们有什么话，尽管对我说，不要怕！”①

–– Слушайте все! – начал он торжественно и в то же время вкладывая в свои слова всю теплоту, на которую был способен. — Я, Ту Вэй–йо, работаю на этой фабрике свыше двух лет и всегда ладил с вами. Месяц тому назад господин У назначил меня своим заместителем, но я вовсе не кичусь этой должностью. Я знаю, что вы очень бедны, да и сам я гол, как яйцо, и, когда есть возможность, я всегда помогаю вам. Но сейчас цена на пряжу упала и хозяин терпит убытки. На каждом пикуле пряжи он теряет четыреста ланов серебра. Понимаете? Четыреста ланов серебра, а в переводе на нынешние деньги – шестьсот юаней. Хозяин не может испражняться золотом! У него один выход – закрыть фабрику. Но тогда вы все лишитесь пищи. Известно ли вам, что в районе Шанхая объявлен локаут более чем на двадцати фабриках? Наш хозяин влез в долги и даже заложил собственный дом, чтобы только не закрыть фабрику. Так он заботится, чтобы у вас была чашка риса. Он был вынужден снизить заработную плату на двадцать процентов, потому что у него нет иного выхода. Если вы поразмыслите, сами поймете, что быть владельцем фабрики – тоже

① 茅盾：《茅盾全集·小说三集》（第三卷），《茅盾全集》编辑委员会编辑，人民文学出版社1984年版，第437–438页。

нелегкое дело. В трудную минуту хозяева и рабочие должны помогать друг другу. Вы люди понятливые и разумные, поэтому и вышли на работу. Передайте сестрам: если они не приступят к работе, то сами себя лишат последней чашки риса. ... Я уже просил его освободить меня, но он пока не соглашается. Мне остается мириться с этим. Все наболевшие вопросы можете обсудить со мной!①

（2）我以家严和尊府的世谊而论，认为像朋友谈天那样说起什么工会，什么厂里的情形，大概不至于再引起人家的妒忌或者认为献媚倾轧罢！”②

Я имею теперь право в память долголетней дружбы моего отца с вашим досточтимым родителем так же просто, как это принято между друзьями, беседовать о том, что представляет собой так называемый профсоюз и каково положение дел на фабрике. Это, вероятно, ни в ком не вызовет зависти и никто не назовет меня подхалимом.③

（3）“三先生，天亮之前有一个时候是非常暗的，星也没有，月亮也没有。”④

--Господин У, перед рассветом ночь бывает особенно глубокой, это потому, что не видно ни луны, ни звезд. ⑤

① Перед рассветом. Роман. Пер. с китайского В. Рудмана и Л. Урицкой, М., Гослитиздат, 1956, с. 410–411.

② 茅盾：《茅盾全集·小说三集》（第三卷），《茅盾全集》编辑委员会编辑，人民文学出版社1984年版，第141页。

③ Перед рассветом. Роман. Пер. с китайского В. Рудмана и Л. Урицкой, М., Гослитиздат, 1956, с. 135.

④ 茅盾：《茅盾全集·小说三集》（第三卷），《茅盾全集》编辑委员会编辑，人民文学出版社1984年版，第411页。

⑤ Перед рассветом. Роман. Пер. с китайского В. Рудмана и Л. Урицкой, М., Гослитиздат, 1956, с. 386.

例（1）是屠维岳对女工的训词，例（2）和例（3）为屠维岳和吴荪甫的对话。

例（1）中屠维岳语言通俗，净是阿谀奉承，皆为完成吴荪甫交给的任务。

作家精心描写了屠维岳有意利用的口语色彩，这些口语的表达使屠维岳奴才的虚伪诡诈得到了最充分的展现。俄译文中同样保留了原文中使用口语的风格，如“向来同你们和和气气”对应“Ладить с вам ”，“我没有摆过臭架子”对应“я вовсе не кичусь этой должностью”，“我自己也是穷光蛋”对应“да и сам я гол, как яйцо...”，“厂家又不能拉屎拉出金子来”对应“Хозяин не может испражняться золотом!”，“自己打破自己的饭碗！”对应“сами себя лишат последней чашки риса”，“我只好做一天和尚撞一天钟”对应“Мне остается мириться с этим.”，“大家也总得想想，做老板有老板的苦处！”对应“Если вы поразмыслите, сами поймете, что быть владельцем фабрики – тоже нелегкое дело.”。但在处理上有时因为过于忠实原文而会造成读者接受的困难，如：“我自己也是穷光蛋”，译者用“яйцо”代指了“穷光蛋”，这个语义在俄语中是不存在的，势必会给读者带来莫名其妙之感，笔者拟将之改为“голодранец（穷光蛋，乞丐）”。类似的还有“自己打破自己的饭碗！”，这里的饭碗是指“工作”，而不是真正意义上的饭碗（чашка риса），不如直接用“работа”来得直接。同时，“我只好做一天和尚撞一天钟”也不准确，“做一天和尚撞一天钟”在俄语中有对应的表述：“прожил день – и слава богу”。译者的翻译虽然表达了原文的意思，但不如直接使用俄语中固有的俗语搭配给读者的印象深刻，冲击力大。

再来看例（2）和例（3）。和例（1）的口语色彩浓烈不同，在这两个例子当中屠维岳措辞娴熟，语义双关，显然是一种狷傲自负的口气。俄译者对这两段的处理也颇为合适，虽是对话，却丝毫没有显露出口语词和句式。

同时，茅盾还恰到好处地在作品中使用了口语味浓烈的谚语，收到了以一当十的表达效果。我们选取了其中的几个例子进行分析。

（1）羊毛出在羊身上①

Овечья шерсть добывается②

（2）硬做不如软来③

Мягкость предпочтительнее строгости④

（3）豆腐扮成了肉价钱⑤

Варили-варили бобовый сыр и до того доварили, что он обошелся дороже мяса⑥

（4）让别人家杀鸡，吓我们这里的猴子⑦

Пусть другие фабрики спрва расправятся со своими рабочими, тогда и нашим не будет повадно.⑧

---

① 茅盾：《茅盾全集·小说三集》（第三卷），《茅盾全集》编辑委员会编辑，人民文学出版社1984年版，第45页。

② Перед рассветом. Роман. Пер. с китайского В. Рудмана и Л. Урицкой, М., Гослитиздат, 1956, с. 49.

③ 茅盾：《茅盾全集·小说三集》（第三卷），《茅盾全集》编辑委员会编辑，人民文学出版社1984年版，第61页。

④ Перед рассветом. Роман. Пер. с китайского В. Рудмана и Л. Урицкой, М., Гослитиздат, 1956, с. 63.

⑤ 茅盾：《茅盾全集·小说三集》（第三卷），《茅盾全集》编辑委员会编辑，人民文学出版社1984年版，第398页。

⑥ Перед рассветом. Роман. Пер. с китайского В. Рудмана и Л. Урицкой, М., Гослитиздат, 1956, с. 375.

⑦ 茅盾：《茅盾全集·小说三集》（第三卷），《茅盾全集》编辑委员会编辑，人民文学出版社1984年版，第464页。

⑧ Перед рассветом. Роман. Пер. с китайского В. Рудмана и Л. Урицкой, М., Гослитиздат, 1956, с. 437.

（5）好汉不吃眼前亏①

Порядочный человек никогда зря не подвергает себя опасности.②

（6）人情要卖给熟面孔③

Добро хочется сделать прежде всего другзьям④

（7）冤家宜解不宜结⑤

С врагами лучше не связываться⑥

这七个句子译本首先是非常准确地将这些口语味浓烈的谚语表达了出来，其次译者并没有单一地选择直译或意译，而是根据句子的情况适当作出调整。

例句（1）（2）和（3）原句中的三例俗语中出现的都是最常见的事物和容易理解的概念，这些事物和概念出现在译文中并不会给异文化持有者造成费解，加之上下文的辅助解释，其表意更加清晰。所以直译不仅不会给译文读者带来理解上的困难，反而能以新鲜的意象表达激发译文读者的阅读兴趣，提高其审美愉悦。例句（4）（5）（6）和（7）译者采取意译的方法，舍弃原语俗语的形式、意象和隐含意义，用直接、明了的表达揭示俗语的意义。虽然损失了俗语的趣味性和语言色彩，但却可使读者清晰明了原文含义。译者的处理既再现了茅盾作品独特的语言魅力，又丰富了俄

① 茅盾：《茅盾全集·小说三集》（第三卷），《茅盾全集》编辑委员会编辑，人民文学出版社1984年版，第471页。

② Перед рассветом. Роман. Пер. с китайского В. Рудмана и Л. Урицкой, М., Гослитиздат, 1956, с. 444.

③ 茅盾：《茅盾全集·小说三集》（第三卷），《茅盾全集》编辑委员会编辑，人民文学出版社1984年版，第45页。

④ Перед рассветом. Роман. Пер. с китайского В. Рудмана и Л. Урицкой, М., Гослитиздат, 1956, с. 49.

⑤ 茅盾：《茅盾全集·小说三集》（第三卷），《茅盾全集》编辑委员会编辑，人民文学出版社1984年版，第434页。

⑥ Перед рассветом. Роман. Пер. с китайского В. Рудмана и Л. Урицкой, М., Гослитиздат, 1956, с. 408.

文表达。

（三）辞格的翻译

茅盾在《子夜》中多次娴熟自如地运用辞格，匠心独运。辞格的运用，不仅使小说瑰丽多姿，同时也使作家的表达蕴含深厚。这些辞格，是作品主题思想、人物形象、故事情节、环境描写的重要组成部分，与作品总的情调、气氛融为一体。这些辞格具有耐人寻味的艺术魅力，像宝石般闪耀着光彩。

首先，茅盾常常运用比拟、比喻、排比等辞格，描写典型环境。我们来看下面一段文字：

天空**挤满**了灰色的云块，**呆滞滞**地不动。淡黄色的太阳光**偶然露**一下脸，**就又赶快躲过了**。成群的蜻蜓在树梢**飞舞**，有时**竟扑到**绿色的铁纱窗上，那就**惊动了**爬在那里的苍蝇，嗡的一声，都飞起来，没有**去路**似的在窗前飞绕了一会儿，仍复爬在那铁纱上，伸出两只后脚，**慢慢地搓着，好像心事很重。**[①]

На небе **сгрудились неподвижные** серые облака. **Изредка показывалось** бледно-желтое солнце и **быстро пряталось.**

Над верхушками деревьев стаями **кружились** стрекозы, то и **дело налетая** на оконные сетки и **вспугивая** ползущих по ним мух. «Вэн-н!» -- звенело в воздухе. Мухи разлетались в стороны, кружили перед окнами и, не найдя выхода, опять садились на сетки окон. Вытянув задние ножки и **неторопливо потирая их одна о другую, они, казалось, раздумывали о каких-то очень важных делах.**[②]

---

① 茅盾：《茅盾全集·小说三集》（第三卷），《茅盾全集》编辑委员会编辑，人民文学出版社1984年版，第178页。

② Перед рассветом. Роман. Пер. с китайского В. Рудмана и Л. Урицкой, М., Гослитиздат, 1956, с. 167.

自然界的一切，在不同气候条件下，具有千差万别的特征，从中选择一些特征，加以描绘，就会造成特定的意境，酿成特定的气氛，从而为特定的写作目的服务。上面描绘的图画，就是一幅暴风雨前夕的风景画。茅盾抓住乌云、阳光，蜻蜓、苍蝇在暴风雨前夕特有的情状，采用比拟的手法进行了精确刻画。作家既分别细描"挤满""躲过""飞舞""扑""飞绕""搓着"的传神动作，又分别加上"呆滞""偶然""赶快""竟""没有去路似的""好像心事很重"等修饰或描写的词语，使神情毕现。整幅图画从正面有力地衬托了吴荪甫的心境："独自一人在那里踱方步，他脸上的气色和窗外的天空差不多。"

在对该段风景描写的处理上，俄译者选择了直译法，直接选用了"сгрудиться"（聚到一起）、"Изредка показываться"（偶然显露）、"быстро прятатьсь"（快速躲避起来）、"кружиться"（打转、盘旋）、"налетать"（飞着撞上）、"вспугивать"（惊起）、"потирать"（轻轻、不时地揉搓）等动词，如实地呈现了这幅风雨欲来图。物被写得像真正的人一般了，灰暗沉闷、压抑焦躁的气氛异常浓烈。

又如：

没有风。淡青色的天幕上**停着**几朵白云，月亮的**笑脸**从云罅中**探视**下界的秘密。黄浦像一条发光的灰黄色带子，**很和平，很快乐**。一条小火轮缓缓地冲破那光滑的水面，**威风凛凛**地叫了一声。船面甲板上装着红绿小电灯的灯彩，在那清凉的夜色中和天空的繁星争艳。这是一条行乐的船。①

这里正是高桥沙一带，浦面宽阔；小火轮庄严地朝北驶去，工业的金融的上海市中心渐离渐远。水电厂的高烟囱是工业上海的最后的步哨，一

① 茅盾：《茅盾全集·小说三集》（第三卷），《茅盾全集》编辑委员会编辑，人民文学出版社1984年版，第490页。

眨眼就过去了。两岸沉睡的田野在月光下像是罩着一层淡灰色的轻烟。①

Стояла тихая, безветренная погода. На синем небе **неподвижно застыли** белые облачка. Из–за них **улыбалась** луна, **подсматривая** тайны мира.

Весело и спокойно текла Хуанпу, словно сверкающий желтый пояс.

По зеркальной поверхности реки, **издавая величественные гудки**, медленно плыло суденышко. Палуба его освещалась красными и зелеными электрическими лампочками, которые в светлой ночи, казалось, соперничали с огнями звезд.

Пароходик совершал увеселительную прогулку. Сейчас он находился в районе Гаоцяоша, где река значительно расширялась. С важным видом пароходик шел на север.

Промышленный и финансовый центр Шанхая постепенно удалялся. Пронеслись мимо и высокие трубы гидроэлектростанции. Это был последний страж промышленного Шанхая.

Уснувшие прибрежные поля при свете луны казались матовыми; они были словно окутаны серой дымкой.②

作者在描绘这幅画时，虽和上一段一样采用比拟，但是选择的词语，都是精确地体现“欢快”“宁静”的词语，因此造成与前一幅画截然相反的风貌，构成迥然有别的格调。这幅画，夜色宁静、和乐，气氛明快。这与“行乐”多么协调！然而这幅行乐夜景图与“行乐”的“吴老板”们的心境，构成强烈的对比，淋漓尽致地反衬出竞争失败后老板们无聊、烦

① Перед рассветом. Роман. Пер. с китайского В. Рудмана и Л. Урицкой, М., Гослитиздат, 1956, с. 482.

② Перед рассветом. Роман. Пер. с китайского В. Рудмана и Л. Урицкой, М., Гослитиздат, 1956, с. 453–454.

闷、颓废、悲哀的心情。相较于上段译文，此段译文虽基本还原了原文，但在语言的处理上却稍有不妥。首先，茅盾使用了一个短句“没有风”确定了这段描写的基调，简洁明快、一语双关，而译者却选择了细致解析该句，造成了不必要的繁复，不如“Безветренно”一词以蔽之。除此之外，“黄浦像一条发光的灰黄色带子，很和平，很快乐”一句，作家明显意为突出句子的补语部分：“很和平，很快乐”，因而我们拟将译文改为：“Хуанпу текла, словно сверкающий желтый пояс, спокойно, весело.”

其次，茅盾运用排比、双关、层递、夸张等展现人物心境。作品中难于描写的心境，通过巧妙设喻取譬，使境界全出。例如：

不错！**也是这么**浓雾般的细雨的早上，**也是这么**一切都消失了鲜明的轮廓、威武的气概，而且**也是这么**他坐在汽车里向迷茫的前途狂跑。①

Да! Однажды, точно **в такое же** туманное, дождливое утро, когда все вокруг потеряло свои яркие очертания, он, У Сунь–фу, **с таким же величаво- воинственным видом** восседал в машине, которая стремительно мчала его к неясной цели!②

一连串“也是这么”句排比，强调惨淡的风景依旧，然而此时此刻吴荪甫的地位已非昔比，对手也非昔比，他的心境自然迥别，从“也是这么”“也是这么”仿佛听到人物在自言自语，在抒发无限感慨。俄译者在语义表达和用词上都很准确，译文中出现了两个“такой”的变化形式，不过我们认为译文还可以进一步接近原文：

Да! Однажды, точно **в такое же** туманное, дождливое утро, **и в**

---

① 茅盾：《茅盾全集·小说三集》（第三卷），《茅盾全集》编辑委员会编辑，人民文学出版社1984年版，第542页。

② Перед рассветом. Роман. Пер. с китайского В. Рудмана и Л. Урицкой, М., Гослитиздат, 1956, с. 483.

такое время, когда все вокруг потеряло свои яркие очертания, и **с таким же величаво- воинственным видом**, он, У Сунь–фу, восседал в машине, которая стремительно мчала его к неясной цели!

又如：

她很小心地越过了警戒线，悄悄地到了陈月娥住的草棚左近。前面隐隐有人影。玛金更加小心了。她站在暗处不动，**满身是耳朵，满身是眼睛**。①

Она осторожно прошмыгнула мимо цепи полицейского заграждения и едва слышно подкралась к лачуге Чэнь Юе–во.

Впереди мелькнула чья–то тень. Женщина замерла в темноте, **вся превратившись в слух.**②

简直是神来之笔！作家运用高超的写作技巧表现了工人运动的领导发起人之一党员玛金的警觉性。俄译者采用了意译法，舍弃原语的形式，直接地表达了意义，但却降低了语言色彩。

再如：

每逢有什么脚步声从她房外经过，她就尖起了耳朵听，她的心不自然地跳着；她含了两泡眼泪，十分诚心地**盼望那脚步声会在她房门口停住**，而且十分诚心地**盼望着就会来了笃笃的两下轻叩**，而且她将去开了门，**而且她盼望那叩门者竟是哥哥或嫂嫂——或者林佩珊也好**，而且他们**是来劝她出去散散心的！**③

Всякий раз, когда около двери сальни раздавались шаги, она

① 茅盾：《茅盾全集·小说三集》（第三卷），《茅盾全集》编辑委员会编辑，人民文学出版社1984年版，第456页。

② Перед рассветом. Роман. Пер. с китайского В. Рудмана и Л. Урицкой, М., Гослитиздат, 1956, с. 435.

③ 茅盾：《茅盾全集·小说三集》（第三卷），《茅盾全集》编辑委员会编辑，人民文学出版社1984年版，第515页。

напрягала слух, и сердце ее, казалось, вот–вот выскочит из груди.

Чуть не плача, она **с трепетом ожидала**, что шаги остановятся у ее комнаты, в дверь два раза тихонько постучат, она откроет и увидит перед собой старшего брата, невестку или Линь Пэй–шань. Они придут, чтобы убедить ее выйти погулять, подышать свежим воздухом.①

四小姐关在房里“静修”，企图摆脱尘世，但她“在房里就像火烧砖头上的蚯蚓似的没有片刻的宁息”。文中使用了三个“盼望”，她眼巴巴地盼望，十分急切中包含诸多悲苦。俄译者采用直译法，用“ с трепетом ожидала”引导从句，以一敌三，将四小姐的种种期盼精确表达。

（四）长句的翻译

《子夜》中大量地使用了长句，它是作者吸收外语句法的一些特点而锻造出的句式。它结构复杂而组织严密，事物内涵具体同时浸透作者的爱憎。可以说，长句的句法严谨，是《子夜》语言的又一鲜明特色。

茅盾常常通过不同的方式，使句子变得复杂。虽然这样的方式可以便于情绪的表达，但也给译者带来了困难。

1. 定语扩展

（1）**像闪电似的到交易所里一转而现在又向益中公司去的汽车里的**吴荪甫，全心神在策划他的事业，忽然也发见自己的很大的矛盾。②

У Сунь-фу молнией облетел зал биржи. И сейчас, полный деловых замыслов, он снова мчался в машине в кредитное общество «Ичжун». Вдруг он открыл в своем сердце вопиющее противоречие.③

---

① Перед рассветом. Роман. Пер. с китайского В. Рудмана и Л. Урицкой, М., Гослитиздат, 1956, с. 500.

② 茅盾:《茅盾全集·小说三集》(第三卷),《茅盾全集》编辑委员会编辑，人民文学出版社1984年版，第334页。

③ Перед рассветом. Роман. Пер. с китайского В. Рудмана и Л. Урицкой, М., Гослитиздат, 1956, с. 314.

例句中用“像闪电似的到交易所里一转而现在又向益中公司去的汽车里的”这个复杂的偏正词组，限制主语“吴荪甫”，—— 从活动、处所两个方面限制陈述对象，就使陈述对象具体突出，强调吴荪甫为事业而奔忙而费心的一面，又与后面他发现自己的矛盾形成对比，整个句子结构紧凑，表达严密。译文并没有遵照作家的原文，而是还原了吴荪甫所做的事情：闪电般到交易所，而后又坐车去益中公司。译文对结构的处理弱化了语言的力量，我们拟将此段译为：У Сунь–фу, молнией облетевший зал биржи и сейчас снова мчащийся в машине в кредитное общество «Ичжун», вдруг открыл в своем сердце вопиющее противоречие.

2. 状语扩展

（2）**也许就在自己正亦感得孤独的悲哀这简单的原因上，四小姐对于失意怅惘的范博文**就孕育了深刻的印象罢？①

И не потому ли, что сама она испытывала тоску и одиночество, так глубоко трогало ее безнадежное отчаяние Фань Бо–вэня?②

在运用长修饰和限制语时，作家往往对被修饰或限制的事物及其行为，倾注着爱憎。例句中作家之所以从原因、对象两方面，限定“孕育”这一行为，是因为对四小姐充满着同情，四小姐处境孤独，内心苦闷，由于“同病相怜”，她对失意怅惘的范博文“孕育”了深刻的印象。这样写，更强调了四小姐本身“孤独的悲哀”。这是作者的同情拨响的弦外之音。俄译者保留了原文中的原因成分，但同时却改变了句子的结构，在译文中没有出现“孕育”一词，而是将四小姐的主观行为转成了被动：范博文的失意惆怅深深地触动了她，减弱了作家要表达的情绪和思想。

---

① 茅盾：《茅盾全集·小说三集》（第三卷），《茅盾全集》编辑委员会编辑，人民文学出版社1984年版，第162页。

② Перед рассветом. Роман. Пер. с китайского В. Рудмана и Л. Урицкой, М., Гослитиздат, 1956, с. 154.

3. 并列成分做句子成分

（3）汽车的喇叭叫，笛子，唢呐，小班锣，混合着的“**哀乐**”；当差们挤来挤去高呼着“某处倒茶，某处开汽水”的**叫声**；发车饭钱处的**争吵**；大门口巡捕暗探赶走闲杂人们的**吆喝**；烟卷的**辣味**，人身上的**汗臭**：都结成一片弥漫了吴公馆的各厅各室以及那个占地八九亩的园子。①

Автомобильные гудки, **звуки траурной музыки** флейт, соны и малых гонгов, **крики** суетливых слуг: «Кому подавать чай?», «Куда нести крем–соду?», **споры** у кассы, где выдавали чаевые, **брань** полицейских и тайных агентов, отгонявших от ворот зевак, **едкий дым** сигарет, **запах пота** – вес смешалось вместе, разносясь по залам и комнатам дома У и по всему саду, занимающему площадь около девяти му.②

本段描写非常精彩。作家最为直接地写出令人厌恶的事物：“哀乐”“叫声”“争吵”“吆喝”“辣味”和“汗臭”，并用多种词语进行修饰，极具画面感，读者的每一种感官都被作家的文字所感染。在此段译文中，译者在后面忠实了原文，形成了强烈的语势，但第一句却并不准确，为保留原意，笔者拟将之译为：Траурная музыка, смешанная с автомобильными гудками, и звуками флейт, соны и малых гонгов.

同样是并列成分，下面的句子中俄译者把握得很准确。

（4）他看见有些好好的企业放在**没见识**、**没手段**、**没胆量**的庸才手里，弄成半死不活，他是恨得什么似的。③

У Сунь–фу знал, что некоторые прекрасно оборудованные

---

① 茅盾：《茅盾全集·小说三集》（第三卷），《茅盾全集》编辑委员会编辑，人民文学出版社1984年版，第32页。

② Перед рассветом. Роман. Пер. с китайского В. Рудмана и Л. Урицкой, М., Гослитиздат, 1956, с. 36.

③ 茅盾：《茅盾全集·小说三集》（第三卷），《茅盾全集》编辑委员会编辑，人民文学出版社1984年版，第81页。

предприятия захирели в руках владельцев, не имевших **ни опыта, ни изворотливости**, ни смелости, ни всей душой ненавидел подобных людей.①

例句中，用“没见识、没手段、没胆量”这个排比结构，修饰“庸才”，就扩大了“庸才”的内涵，揭示了平庸的各个侧面，突出了平庸的程度，强调了吴荪甫对“庸才”的憎恶。如果不用这个排比结构，就要写成若干小句。这样，如果弄不好，结构就会松散，表达就会乏力。俄译者很好地保持了原文的结构，准确表达了作者的意图。

（5）他痴痴地看着林佩珊**的长眉毛，圆而小的眼睛，两片猩红的略略张开的嘴唇，半露的白牙齿，发光的颈脖，隆起的胸脯**，——他看着，看着，脑膜上掠过许多不很分明的意念。②

С глуповатым видом он уставился на Линь Пэй–шань, любуясь ее длинными бровями, большими глазами, полураскрытыми ярко–красными губами с белой полоской зубов, нежной шеей и резко обрисовывающимися грудями. Он все смотрел на нее, а в голове его мелькали обрывки каких–то мыслей.③ (145)

茅盾热衷于细致入微地描写女性，该例句就是比较典型的代表。作者用了偏正词组排比，突出地描写林佩珊外貌的特征。俄译者对该句采取了直译，忠实了作者突出女性的本意。

本节研究从古语运用、口语特征、修辞手法及句法结构四个维度，系统考察了茅盾代表作《子夜》的语言艺术特色，并通过典型译例的对比分

---

① Перед рассветом. Роман. Пер. с китайского В. Рудмана и Л. Урицкой, М., Гослитиздат, 1956, с. 82.

② 茅盾：《茅盾全集・小说三集》（第三卷），《茅盾全集》编辑委员会编辑，人民文学出版社1984年版，第152页。

③ Перед рассветом. Роман. Пер. с китайского В. Рудмана и Л. Урицкой, М., Гослитиздат, 1956, с. 145.

析，深入探讨了俄译本在风格再现方面的处理策略。研究结果表明，译者通过直译与意译的有机融合，在保持原作语言特质与确保译本可读性之间实现了有效平衡，整体而言，该译本较好地完成了文学风格跨语言转换的翻译使命。

第二节　茅盾短篇小说俄译研究

在俄罗斯学界的茅盾研究中，短篇小说创作始终占据核心研究地位。其中，农村题材代表作《春蚕》《秋收》与《林家铺子》因其独特的文学价值被反复译介出版。这些作品不仅艺术地再现了中国乡土社会的深层结构，更因其浓郁的传统文化特质对译者提出了特殊的跨文化转换挑战。

众所周知，语言是文化的载体和表现形式，时至今日，翻译活动已不单纯是两种语言间的转换，它更是两种文化间的相互交流。而作为语言的基本组成单位，词语的意义是不容忽视的，它是翻译活动得以进行的基础。中俄两国在不同的民族发展历程中形成了迥异的文化，而词语则是这种文化迥异的微观体现：在一种文化中存在的某些词语并不总是出现在另一种文化当中，甚至即使出现，其意义也并不相同。我们将这些词语称为“文化负载词”。“文化负载词是特定文化范围内的词，是民族文化在语言词汇中直接或间接的反映。”[①] 文化负载词的独特性和复杂性常常使译者很难实现原文与译文的完全对等，是整个语际交际和跨文化交际中的主要障碍之一。但同时这些词语是特定民族在漫长的历史进程中逐渐积累的，是该民族独特文化底蕴的集中表现。中华文化博大精深，作为社会与文化的

① 胡文仲：《跨文化交际学概论》，外语教学与研究出版社1999年版，第64页。

缩影，文学是一国文化的最大承载者，文学语言通常都具有丰富的文化内涵，带有明显的文化色彩，因而如何处理汉语中的文化负载词是俄罗斯汉学家们翻译茅盾作品过程中不可回避的问题。

关于文化负载词的分类体系，学界存在多种理论范式，其中美国著名语言学家及翻译理论家尤金·奈达（Eugene Nida）提出的分类框架最具代表性。奈达基于文化构成维度，将文化负载词系统划分为以下四个范畴：生态文化负载词、社会文化负载词、宗教文化负载词和语言文化负载词。就茅盾农村题材小说《春蚕》《秋收》及《林家铺子》而言，其文本特征主要表现为社会文化负载词的密集分布。

一、体现独特的社会生活

《春蚕》《秋收》以及《残冬》共同构成了茅盾的农村三部曲，它们反映了中国20世纪30年代初期半殖民地半封建社会农村的破败景象。三部曲围绕老通宝一家养蚕的事件展开，因而文中有大量的养蚕专业术语，这些专业术语无疑使作家的创作真实可信。但与此同时，这些语言的使用也给译者带来了不便。养蚕是中华文化中所独有的社会生活，而文中出现的养蚕术语则是中国的社会文化负载词，只有极为熟悉中国环境的译者，才能准确地把握文中要义，表现中国独特的文化特征。根据我们对俄译本的分析，首先译者对文中该类词语的理解是较为深刻的。例如：

谁也料得到这些“宝宝”上山前还得吃多少叶。①

Каждый шелковод заранее прикидывает, сколько понадобится листьев до того, как у гусениц начнется «подъем».②

① 茅盾：《茅盾全集·小说二集》（第二卷），《茅盾全集》编辑委员会编辑，人民文学出版社1984年版，第327页。

② Избранное. пер. с кит./Сост., вступ. ст. В. Сорокина. Л., Худож. лит., 1990, с.25.

“宝宝”一词在其他句子中译者使用了“драгоценнейший（宝贵的）”，而此处则使用了“гусеница（毛虫）”，可见译者对蚕的整个成长演变过程有着深刻的了解和研究，因此根据蚕所处的时期不同所选用的词语也不同，以便读者能够更好地理解和接受。此外，根据词典，“上山指蚕的上簇，即将老的家蚕上草束吐丝结茧。”而在俄语中并没有与其完全重合的文化概念，也就是常见的文化信息不对等现象。在上面例子的翻译中，译者使用了“подъем”来翻译“上山”，同时在脚注中对“подъем”的含义进行了详细的阐释，这样既符合作者的本意，同时也达到了通顺、连贯的效果，巧妙地回避了由于信息缺失所造成的误解和误读。

又如：

（1）什么话！你倒先来发利市了！年年像去年么？①

Что это за речи такие! Заладила свое: «как в прошлом да как в прошлом!».②

（2）并且他还要忙着采茧，还要谢“蚕花利市”，他渐渐不把茧厂的事放在心上了。③

Занявшись сбором урожая и церемонией «возблагодарения божества», старик мало-помалу забыл о кокономотальных фабриках.④

《春蚕》一文中出现了两次“利市”，但表意却略有差异。“利市”本指取之有道，吉利、喜庆、好运气；在例句①中的“发利市”是指说吉利话。但在这里是反话，是对四大娘说不吉利话的否定。然而在译文中却出现了严重的信息缺失：“заладить”是指重复说、反复说(Начать говорить,

① 茅盾：《茅盾全集·小说二集》（第二卷），《茅盾全集》编辑委员会编辑，人民文学出版社1984年版，第322页。

② Избранное. пер. с кит./Сост., вступ. ст. В. Сорокина. Л., Худож. лит., 1990, с.19.

③ 茅盾：《茅盾全集·小说二集》（第二卷），《茅盾全集》编辑委员会编辑，人民文学出版社1984年版，第334页。

④ Избранное. пер. с кит./Сост., вступ. ст. В. Сорокина. Л., Худож. лит., 1990, с.25.

повторяя одно и то же)，译者受主观因素的影响误将发利市等同于发牢骚，与原意大相径庭；在例句②中“利市”是指财神，蚕花利市就是蚕农祭拜蚕神，请求蚕神保佑。在处理这类文化概念的翻译问题时，译者根据作者的原注以及自身对文化概念的理解，采用了一种相对合理的处理方式，即直接选用了注释中的意义«возблагодарение божества»，这样既保证了译文的流畅性，同时也有助于增强读者对文章的理解。

再如：

老通宝从桑林里走出来，到田塍上，转身又望那一片爆着嫩绿的桑树。①

Дойдя до межи, старик оглянулся и снова залюбовался нежнозелеными листочками шелковицы.②

“田塍”意为田地为了隔开田亩或行走而筑的稍高于地面的埂子，被译为“межа”(Межа – граница земельных участков, узкая полоса необработанной земли)，文化特征相似，基本达意；

虽然译者对一些社会文化负载词进行了准确把握和巧妙处理，但在文化负载词的处理上，有时也存在不妥之处。例如：

二三十人家都可以采到七八分，老通宝家更是与众不同，估量来总可以采一个十二三分③。

В двадцати–тридцати семьях сбор коконов удался на семьдесят–восемьдесят процентов, а в семье Тун–бао даже выше: можно считать, процентов на сто двадцать–сто тридцать.④

---

① 茅盾：《茅盾全集·小说二集》(第二卷)，《茅盾全集》编辑委员会编辑，人民文学出版社1984年版，第317页。

② Избранное. пер. с кит./Сост., вступ. ст. В. Сорокина. Л., Худож. лит., 1990, с.14.

③ 茅盾：《茅盾全集·小说二集》(第二卷)，《茅盾全集》编辑委员会编辑，人民文学出版社1984年版，第332页。

④ Избранное. пер. с кит./Сост., вступ. ст. В. Сорокина. Л., Худож. лит., 1990, с.31.

过去农村养蚕，蚕农按照蚕在大眠时的单位重量计算蚕茧产量，称为“斤采斤”；六分蚕收到七斤茧，称为“七分”；如十二斤茧则叫“十二分”。而译文中则使用了“Процент”来翻译“分”显然不准确，与原文相去甚远。可见由于中俄两国计量单位和文化传统的差异，导致翻译过程中出现了误译。

又如：

“大眠”以后的“宝宝”第一天就吃了七担叶，个个是生青滚壮。[①]

Все гусеницы были как одна, здоровые и зеленые, и в первый же день после большой спячки сгрызли семь даней листьев шелковицы.[②]

“生青”是指青得通体无杂色，呈半透明，像碧玉一样。而“滚壮”，常用来形容白嫩、结实、健壮。译文中选用了“здоровый”（健康）和“зеленый”（绿色），虽然基本达意，但缺少了许多韵味，没有生动形象地将一个富有生机的蚕宝宝展现在读者的脑海中。

二、表现丰富的文化内涵

在整个农村三部曲中，出现了大量朴实、简练的口语和具有地方色彩的比喻，它们是中国丰富文化内涵的表现，属于社会文化负载词的范畴。这些口语和比喻的运用使读者在朴素的语言中体会到了丰富的形象和迷人的魅力，但同时也给译者造成了困扰和翻译中的不准确。例如：

真是天也变了！[③]

---

① 茅盾：《茅盾全集·小说二集》（第二卷），《茅盾全集》编辑委员会编辑，人民文学出版社1984年版，第327页。

② Избранное. пер. с кит./Сост., вступ. ст. В. Сорокина. Л., Худож. лит., 1990, с.25.

③ 茅盾：《茅盾全集·小说二集》（第二卷），《茅盾全集》编辑委员会编辑，人民文学出版社1984年版，第312页。

Прямо-таки светопреставление![1]

这里的“天”暗示的是国家或社会的深刻变化，而且特指坏的方面的变化；而译文中，则是“简直就是世界末日！”。由此可见，由于译者受自身文化体系和社会背景的限制，在信息表达上出现了偏差，进而选用了富有宗教色彩的“世界末日”，而并非强调国家或社会的变化和事态的变迁过程。

又如：

而这些特殊的待遇，也就是老通宝的“驯良思想”的根基。[2]

Это особое отношение к старику явилось главной причиной его покорности перед богачами.[3]

句中的“驯良思想”是指由旧有的土地关系所形成的传统封建思想，不仅体现了当时农民面对权贵和富人阶层时的妥协，也表现出对社会变化的恐惧。俄国译者将“驯良思想”简单译为“驯服于财富”，回避了当时中国所处的社会环境以及普通民众的思想观念，造成了表达的不准确。

再如：

当真没有，黄道士，丝瓜缠到豆蔓里！[4]

Да нет, это в самом деле не так. Хуан-«монах», верно, перепутал[5].

“丝瓜缠到豆蔓里”是浙北地区的一个俗语，是指搞错事体，听错闲话，视听混淆，张冠李戴。俄国译者使用转译的方式用一个词“перепутать”，虽然在表意上没有问题，但俗语的翻译还是应尽最大可能

---

① Избранное. пер. с кит./Сост., вступ. ст. В. Сорокина. Л., Худож. лит., 1990, с.7.

② 茅盾：《茅盾全集·小说二集》（第二卷），《茅盾全集》编辑委员会编辑，人民文学出版社1984年版，第349页。

③ Избранное. пер. с кит./Сост., вступ. ст. В. Сорокина. Л., Худож. лит., 1990, с.50.

④ 茅盾：《茅盾全集·小说二集》（第二卷），《茅盾全集》编辑委员会编辑，人民文学出版社1984年版，第350页。

⑤ Избранное. пер. с кит./Сост., вступ. ст. В. Сорокина. Л., Худож. лит., 1990, с.51.

保留源语言的风貌和语言形式，或是通过加注释的方式丰富译文。

他又觉得病后第一次看见生人面却竟是这个“白虎星”那就太不吉利。①

И то, что первым посторонним человеком, которого он увидел после болезни, оказалась именно эта «Звезда белого тигра», Тун–бао воспринял как самое дурное предзнаменование.②

“白虎星”是指那些会给人带来灾祸的人，此处特指因命里星宿不好而对大家不利的女人。俄国译者采用直译的方式来处理此处的翻译略显草率。因为译者的文化环境中并无与“白老虎”相对应的概念，因此译文读者无法理解“白老虎”的特殊含义。因此，采用直译与加注相结合的方式会更好。

当然，译本中也不乏对文化负载词的准确处理。如：

小宝的阿爹死不肯，只看了一张洋种！老糊涂的听得带一个洋字就好像见了七世冤家！洋钱，也是洋，他倒又要了！③

У нас дед – всему голова и, хоть убей, только на один лист иностранной грены соглашается. Услышит, старый дурак, слово «иностранный» и так выходит из себя, будто кровно обидели всех его предков! «Доллар» тоже слово иностранное, а от доллара он небось не отказывается.④

“死不肯”是指坚决不同意、坚决不肯，“死”表示程度之深，并非译文中的“хоть убей”(Клятвенно заверяю, что невозможно понять)不可

① 茅盾：《茅盾全集·小说二集》（第二卷），《茅盾全集》编辑委员会编辑，人民文学出版社1984年版，第343页。

② Избранное. пер. с кит./Сост., вступ. ст. В. Сорокина. Л., Худож. лит., 1990, c.43.

③ 茅盾：《茅盾全集·小说二集》（第二卷），《茅盾全集》编辑委员会编辑，人民文学出版社1984年版，第319页。

④ Избранное. пер. с кит./Сост., вступ. ст. В. Сорокина. Л., Худож. лит., 1990, c.16.

理喻、无法理解。作者在这里使用了地方独特的语法，而译者使用了与“死”本义相同的“убить”，可见译者在语法习惯的理解上出现了偏差。此外，围绕“洋”字的对话，“生动而又俏皮，既反映出老通宝固执的性格，又符合说话者的身份与地位”。译文中“洋钱”直接译为“доллар”，不仅与中国当时的国内货币单位做了区分，也使用了相对应的文化概念，表达得十分形象、贴切。“洋钱，也是洋”译者翻译为“«Доллар» тоже слово иностранное”，通过译者巧妙的转换，基本上达到了生动、俏皮的效果，国外读者也更容易接受，并引起共鸣。

又如：

断子绝孙的林老板，又倒了铺子；我十个指头做出来的百几十块钱丢在水里了，也没响一声。[1]

Хозяин Линь (чтоб у него не было ни сыновей, ни внуков!) закрыл свою лавочку, и мои сто с лишним юаней, добытых трудом вот этих рук, словно в воду канули и даже не булькнули.[2]

“断子绝孙”和“十个指头做出来的钱”为俗语，俄国译者用直译的方式翻译出了这一极富口语色彩的俗语，并表达出人物内心的愤慨和无奈。

再如：

有朝一日捉去杀了头，这才是现世报！[3]

Поймают их за такие дела и голову снимут. Вот и будет справедливое возмездие!

“现世报”是指人做了坏事就会得到应有的惩罚。译文基本达意。

---

① 茅盾：《茅盾全集·小说二集》(第二卷)，《茅盾全集》编辑委员会编辑，人民文学出版社1984年版，第285页。

② Избранное. пер. с кит./Сост., вступ. ст. В. Сорокина. Л., Худож. лит., 1990, с.12.

③ 茅盾：《茅盾全集·小说二集》(第二卷)，《茅盾全集》编辑委员会编辑，人民文学出版社1984年版，第345页。

在茅盾的三部短篇小说里，作者巧妙地运用了大量具有中国文化底蕴的文化负载词，有效地增强了文学语言的张力。这些词语凭借其丰富的文化内涵，形象地反映了人物的真实生活状态和人文背景，使读者能够身临其境，真正地融入作品中。然而，这种独特的语言表达方式在跨文化翻译过程中也带来了诸多困难。俄语译者在翻译过程中虽还原了一部分文化状况，但文化传递不准确的情况仍时有发生。

第三章　俄罗斯的茅盾创作研究

比较文学变异学将作家及其作品纳入研究范畴，其中的文学文本变异研究以文学接受研究为典型代表。正如学者所指出的，“文学文本是比较文学研究的基点，文学文本在流通过程中可能存在的变异也就成为比较文学研究的对象。”[①] 在不同文化与文明圈中，接受者在阅读过程中对同一部文学作品的价值取向和意义理解往往存在显著差异。俄罗斯对茅盾本人及其作品的研究始于20世纪30年代。从最初对原文内容的简单阐释，到如今深入探究作品的艺术内涵，研究内容和角度不断拓展与深化。然而，与此同时，我们也发现针对某些问题的观点会因接受的时代、环境以及接受者的不同而产生变化。因此，本章中笔者将深入挖掘茅盾创作在俄罗斯的研究状况，展现其变化特征及原因。

第一节　茅盾——俄罗斯文学的积极接受者

1929年，鲁迅的短篇小说集《阿Q正传》于列宁格勒出版，同期莫

① 曹顺庆主编:《比较文学概论》，中国人民大学出版社2011年版，第152页。

斯科推出以《正传》命名的中国短篇小说选集，此举被视为中国现代文学在俄罗斯系统传播的起点。正如李逸津教授所言，鲁迅与茅盾因其文学成就与社会批判性，成为俄罗斯汉学界最早聚焦的两位中国现代作家。1934年，涅克拉索夫译介的茅盾短篇小说《春蚕》发表于俄文期刊《世界文学》，标志着俄罗斯茅盾研究的正式发轫。在长达九十余年的研究历程中，俄罗斯学界形成了以索罗金为代表的茅盾研究学术谱系，相关成果涵盖专著、译作及期刊论文逾百项。茅盾作品在俄罗斯的经典化，首先缘于其创作与20世纪俄罗斯汉学研究范式的内在契合。作为“社会剖析派”的代表，茅盾的文本通过微观叙事折射宏观社会变革，如《子夜》对民族资本主义的书写，或农村三部曲对乡土危机的呈现，恰好满足了俄罗斯学者通过文学解码中国社会形态的学术诉求。值得注意的是，茅盾与俄罗斯文学的互文关系亦构成研究的重要维度。他对俄罗斯文学的主动接受，反向激发了俄罗斯学者的研究兴趣，形成跨文化对话的独特案例。

在作家漫长的文学生涯中，他与俄罗斯文学渊源颇深。首先，茅盾非常重视翻译和介绍俄国文学。引用贾植芳先生的说法：“据我们初步统计，茅盾先后介绍了俄国和苏联作家约60人，写或翻译出了介绍俄国和苏联文学的论文近50篇。”1916年，北大预科毕业的茅盾进入商务印书馆编译所工作。在此之前，他对外国文学并无涉猎也毫无兴趣可言，商务印书馆丰富的藏书和上海一些书店的外文图书给了他丰厚的外国文学滋养。几年间，茅盾对外国文学的知识不断增多，并逐渐成为引进外国文学、倡导新文学的有力鼓手。1919年，茅盾的第一篇文学论文《托尔斯泰与今日之俄罗斯》发表于《学生杂志》第六卷四一五号上，他以非凡的激情，对托尔斯泰、屠格涅夫和陀思妥耶夫斯基进行了介绍，茅盾认为他们所代表的俄国近代文学是当时世界文学的发展方向：“十九世纪末年，欧洲文学界最大之变动，其震波远及于现在，且将影响于此后。此固何事乎？曰，俄国文学之勃兴，及其势力之勃张是也。…… 俄国文学之势力，竟直逼欧洲向来之文艺思想而变之，且浸浸欲逼全世界之思想而变之。呜呼，此首尾五十余年，实托尔斯泰与其同时文豪之时代也。”他还将俄国文学与英法文学作了一番比较，认为英国、法国和俄国为西方民族之“三大代表”，十五六世纪是英国人的思想支配世界的时代，十八世纪是法国人思想风靡世界的时代，而到了十九世纪，则是俄国人思想盛发的时代，20世纪后数十年的世界局面，“决将受其影响，听其支配”。此后，尽管作为一位文学编辑，他对各国文学都作了大量介绍，但在诸国文学中，茅盾对俄罗斯文学倾注的心力是最多的：他译的第一篇白话小说是契诃夫的《在家里》；1920 年，在《我对于介绍西洋文学的意见》一文中，他推荐了他认为应该首先翻译的19位外国作家的44部作品，其中包括了七位俄国作家的二十部作品，所占比例远远高于其他各国；1921年他主持了《小说月报》号外《俄国文学研究》专号的编辑工作，上面发表了有关俄罗斯文学的24篇俄国文学研究译著和29篇翻译作品，他自己在其中发表了著名的《近代俄国文学家三十人合传》，以开阔的眼光，介绍了不少尚不为人知的俄罗斯文学家，在读书界产生了广泛的影响；1921 — 1924年他为《小说月报》撰写了报道世界文坛近况的“海外文坛消息”206条，其中关于俄国文学的有23条，占最多数，且文章的篇幅一般都较长；他还撰写了大量有关俄罗斯文学的评论和报道，在有关新文学运动的文章中也经常以俄罗斯文学为标本；在一直为人们所称道的文学专著《西洋文学通论》中，他不但在篇幅和内容上对俄罗斯文学有所偏重，而且把俄国文学的发展方向当作欧洲文学的发展方向 …… 由此我们可见茅盾对俄罗斯文学所倾注的非同一般的心力。俄罗斯学者多次提及茅盾对俄苏文学的翻译、宣传，并将之看成俄罗斯文学在中国的宣传者，索罗金说：“在茅盾的早期文章中能够看到他对我国文学的高度评价。毫无疑问，茅盾如朋友般对待俄苏文学，”显然俄罗斯学者对茅盾的工作是表示认同的。

除了传播与研究俄罗斯文学外，茅盾还善于吸收俄罗斯文学中的养分，并应用到自己的创作当中。茅盾说过："我也是和我这一代人同样地被五四运动所惊醒了的。我，恐怕也有不少的人像我一样，从魏晋小品、齐梁辞赋的梦游世界伸出头来，睁圆了眼睛大吃一惊的，是读到了苦苦追求人生意义的十九世纪的俄罗斯古典文学。"苏联研究者的费德林非常看重俄国文学对茅盾创作的影响，他说："同俄国古典文学的接触，同托尔斯泰、屠格涅夫、契诃夫、高尔基等作家作品的接触，使茅盾产生了对俄国人民、对它的自由斗争、对俄国文学艺术的深厚感情。""在自己的全部创作过程中，茅盾孜孜不倦地学习俄罗斯批判现实主义作家和苏联社会主义现实主义大师们的作品，他是在列夫·托尔斯泰、安东·契诃夫、马·高尔基的影响下成为一个现实主义作家的。"但笔者认为费德林的说法是不准确的。茅盾曾明确说过："有一位批评家说我很受屠格涅夫的影响，我当时觉得很惊异，因为屠格涅夫我最读得少，他不在我爱读之列。""我读过不少的契诃夫的作品，但我并不十分喜欢他。"显然，虽然茅盾对屠格涅夫和契诃夫的作品有所涉猎，但对他们的创作并不认同，反之，他对托尔斯泰和高尔基则极为推崇。

在多位杰出而重要的俄国艺术大师之中，托尔斯泰是茅盾特别偏爱的，他说："我觉得读托翁的作品至少要做三种功夫：一是研究他如何布局（结构），二是研究他如何写人物，三是研究他如何写热闹的大场面。"茅盾之所以喜欢托尔斯泰，极大程度上是因为托尔斯泰作品中的史诗性结构，他说："托翁作品结构之精密，尤可钦佩。以《战争与和平》而言，开卷第一章借一个茶会点出了全书主要人物和中心的故事，其后徐徐分头展开，人物愈来愈多，背景则从圣彼得堡到莫斯科，到乡下，到前线，回旋开合，纵横自如，那样大的篇幅，那样多的人物，那样纷纭的事故，始终无冗杂，无脱节。"对于此种观点，俄罗斯学者表示认同。茅盾研究者弗·鲁德曼在早期研究中集中关注托尔斯泰对作家茅盾的影响，并认为：

“茅盾借鉴了托尔斯泰宏大结构的现实主义方法和技巧”[①]，弗·鲁德曼分析道：“《子夜》第一章主要描写了吴老太爷的丧事，在这一章中小说的核心人物都相继出场，茅盾借鉴了托尔斯泰的《战争与和平》的结构模式，在小说开篇就理出了全书主要的情节发展线索。”虽然《子夜》只写了1930年5—7月两个月的社会生活，但是反映的生活面却非常广、生活容量巨大，视野开阔、布局宏伟。“茅盾在《子夜》中绘制了二十世纪三十年代中国社会从城市到农村的广阔生活画卷，他的成功无疑是对托尔斯泰写作手法的借鉴的结果。作家对《战争与和平》结构模式的把握，使他轻松地处理了整个时代的矛盾”[②]。

诚然，我们不能说茅盾《子夜》的成功直接受到托尔斯泰创作的影响，但在结构上显示出的茅盾与托尔斯泰的相近，决不能视作一种偶然，正是对这位艺术大师的追求，才使茅盾的作品有可能与《战争与和平》殊途同归。

另一位对茅盾影响颇深的作家是高尔基。正如作家自己曾经说过的那样：“高尔基的作品使我增长了对现实的观察力，而其特有的处置题材的手法，也使我在所知的古典作品的手法而外，获见了一个新的境界。”[③]茅盾认为高尔基的写作是精湛的：善于从宏观鸟瞰式地巡视千姿百态的社会人生，而且通过对现实的敏锐观察和深入剖析，把握社会各阶层的生活、捕捉社会动态发展的变化和人们精神心理的微妙变化。俄罗斯学者对此观点表示认同。索罗金认为苏联革命现实主义作家高尔基对茅盾的影响是巨大的，并指出茅盾在后期强调深剖社会历史的规律与表现深厚的生活内容，也都是从高尔基的革命现实主义创作中受到启示的。“在文学创作

---

① Перед рассветом. Роман. Пер. Хо Фу и В. Рудмана. (Предисл. В. Рудмана). Л., Гослитиздат, 1937, с.61.

② Перед рассветом. Роман. Пер. Хо Фу и В. Рудмана. (Предисл. В. Рудмана). Л., Гослитиздат, 1937, с.61.

③ 茅盾：《爱读的书》，见《茅盾文集》（十），人民文学出版社1961年版，第146页。

中高尔基对茅盾的影响也是巨大的，茅盾看到了高尔基现实主义艺术成就的取得在于以恢宏的眼光着力进行细节的描写”“茅盾作品内容覆盖生活的多个方面：苦闷的小资产阶级知识分子、生活困窘的劳苦大众、钩心斗角的大资本家等等，但其作品描写重心却在心理现实上，如《子夜》对吴荪甫在公债投机、企业活动和家乡事业等方面的复杂心理活动刻画。”在高尔基的影响下，茅盾在创作中宏观与微观相结合：捕捉当代社会生活的重大事件以及它们对各个方面的影响的同时，着眼于各个阶层人物的心理刻画。

除此之外，在1972年的文章《茅盾创作中的高尔基》中，利希查系统地研究了高尔基对茅盾的影响以及茅盾对高尔基作品的借鉴。利希查认为：“与中国其他作家相比，茅盾更多地受到了高尔基的影响，这种影响主要体现在思想和创作手法上[①]。”利希查指明早在1920年的文章中，茅盾就已经开始分析屠格涅夫、契诃夫和高尔基的创作，并高度评价了高尔基对俄罗斯社会底层人民生活的反映。“最早吸引茅盾的是高尔基作品中深刻的革命性和对未来坚定的信念。”[②]关于茅盾创作的原初基础，利希查认为包括作家在家乡复杂的丰富多彩的现实、中国传统的继承和创新、鲁迅的影响和对世界文学的吸收。在对世界文学的吸收上，利希查指出茅盾是有原则的：“他寻找着那些重要的和必要的东西、那些与他的世界观和创作方向相同的东西，就在这时他看到了高尔基的文章。”[③]茅盾与高尔基

① Лисица Б. Я. Горький в творчестве Мао Дуня. Теоретические проблемы изучении литератур дальнего востока. Тезисы докладов пятой науч. конференции. Ленинград. 1972. М.,1972, с. 21.

② Лисица Б. Я. Горький в творчестве Мао Дуня. Теоретические проблемы изучении литератур дальнего востока. Тезисы докладов пятой науч. конференции. Ленинград. 1972. М.,1972, с. 21.

③ Лисица Б. Я. Горький в творчестве Мао Дуня. Теоретические проблемы изучении литератур дальнего востока. Тезисы докладов пятой науч. конференции. Ленинград. 1972. М.,1972, с. 22.

的共同点是选择了解决社会矛盾。在具体作品分析时，汉学家着重分析了茅盾的《子夜》以及高尔基的《福玛·高尔杰耶夫》。"《子夜》是茅盾最好的作品，作家自己都承认借鉴了高尔基的《福玛·高尔杰耶夫》"①，利希查认为这两部作品在形式和作品内容上是完全不同的，每一部都独具一格，带有深刻的民族性。但同时，这两本书却贯穿着同一种思想，这种思想是1901年美国作家杰克·伦敦写过的："在我们这个市场和交易所林立的世界，在我们这个到处是投机倒把和狼狈为奸的世界，从各个国家传出了要求生活回答迫切问题的激烈的声音。""在《福玛·高尔杰耶夫》中高尔基提出了自己的解决办法，因为他在对待生活和理解生活方面是一个真正的人。而在《子夜》中是中国的爱国人士 —— 茅盾说出了适应中国的解决办法"。茅盾学习了高尔基，在叙述上追求"当代性的广阔及有内涵的画面"②，同时《子夜》中的许多人物形象与以玛雅金为代表的形形色色的商人形象在内容上类似，甚至是典型人物吴荪甫和赵伯韬。除了《子夜》利希查认为《腐蚀》是高尔基和茅盾"精神相似"的证明。"它的创作是在时代的驱使下，《腐蚀》解决了中国历史状况下的迫切问题。在结构和内容上茅盾都做出了新的尝试。作家所选取的题材是高尔基在《一个冗人的一生》中出现过的。"③ 更有意义的是，利希查从根本上指出了这两位作家的作品产生相似的原因：相似的社会环境在很大程度上决定了文学作品在思想性和情感基调上的相似。相较于20世纪70年代之前的文

---

① Лисица Б. Я. Горький в творчестве Мао Дуня. Теоретические проблемы изучении литератур дальнего востока. Тезисы докладов пятой науч. конференции. Ленинград. 1972. М.,1972, с. 22.

② Лисица Б. Я. Горький в творчестве Мао Дуня. Теоретические проблемы изучении литератур дальнего востока. Тезисы докладов пятой науч. конференции. Ленинград. 1972. М.,1972, с. 22.

③ Лисица Б. Я. Горький в творчестве Мао Дуня. Теоретические проблемы изучении литератур дальнего востока. Тезисы докладов пятой науч. конференции. Ленинград. 1972. М.,1972, с. 21.

章，《茅盾创作中的高尔基》无疑更具科学性，不再是汉学家们的泛泛而谈，而是从一个问题入手的深入挖掘。中国学者很早就关注到了茅盾与高尔基的关系，研究成果也颇为丰富。毕玲蔷《茅盾与高尔基》是比较有代表性的一篇文章。总体上作者与利希查的观点是相同的，只是更为明确指出“茅盾之所以能够成为中国无产阶级文学的大师是和高尔基的影响分不开的”[①]，并从茅盾的创作道路入手，分析各个时期茅盾对高尔基的研究以及高尔基对茅盾的积极影响。高尔基作为伟大的无产阶级作家对20世纪中国文学乃至世界文学都是影响深刻的，茅盾对高尔基的学习借鉴也是毋庸置疑的。

茅盾是俄罗斯文学的积极接受者，他一方面积极地将优秀的俄罗斯文学介绍到中国，而更重要的是广采博取，为我所用。他借鉴了托尔斯泰宏大结构和精细描写相结合的现实主义方法和技巧，学习了高尔基作品中深刻的革命性和对未来坚定的信念等，这些无疑都成为俄罗斯学者对其关注的诱因。

第二节　茅盾长篇小说在俄罗斯的研究

苏联大百科辞典中如是评价茅盾：“茅盾（笔名，真名沈雁冰），中国作家、社会活动家…… 在中国现代文学史上占着仅次于鲁迅的重要地位。”在这里，“中国作家”是茅盾的第一文学身份，在20世纪50—60年代这一茅盾接受的高潮期，俄罗斯学者也更多的是将茅盾界定于作家的范畴，对其作品展开了思想性和艺术性的接受。这些接受已不再浮于表面，

① 毕玲蔷:《茅盾与高尔基》，见《茅盾研究》第三辑北京大学出版社1988年版，第228页。

而是深入作家作品的内核 —— 思想性和艺术性，不仅展现了作家独特的创作魅力，同时也确立了茅盾在俄汉学界的中国现代文学研究中不可取代的地位。

思想性和艺术性是一切文学艺术的性能和品质。别林斯基说："艺术没有思想，就像一个人没有灵魂 —— 是一具死尸。"作品必须有思想，思想是作品的生命。"文学作品的思想性是整个作品形象体系显示出来的思想意义，是作者通过人物、情节、场面等社会生活的描写，体现出来的作家对生活的认识和评价，在作品思想内容方面所具有的社会意义"①。根据对研究者研究成果的分析，我们发现，他们普遍将茅盾作品中的思想性与时代性融为一体，即茅盾作品的社会价值是对时代的真实反映，是时代的记录。

在上文中，我们对比分析了两位研究者 —— 费德林和利希查，他们的研究是具有代表性的。费德林从宏观分析入手，认为茅盾非常重视题材的选择，他怀有大规模描写中国现实的艺术胸怀，在作品中留下时代的画卷。而利希查则深刻体会了茅盾所主张的"人是时代舞台的主角"，认为他把作品表现时代的重任全部放到了人物身上。他们的观点与大部分研究者的考察结果相一致。诚然，茅盾就是主张"文学是时代的反映""真的文学也只是反映时代的文学"。可以说，俄罗斯学者们抓住了茅盾试图在作品中表达的本质思想 —— 展现时代特征。因为对于时代性这一点前面已有所涉及，且笔者认为已很全面，因而在此处不再赘言，让我们转入俄罗斯学者对茅盾长篇小说中艺术价值的认同。

茅盾作品的艺术性是不容忽视的。从艺术性的理论维度来看，文学作品的艺术价值主要体现在三个层面：首先是语言表达的精确性与审美张力，其次是艺术形象塑造的典型性与深刻性，最后是艺术形式与思想内容

① 暨南大学中文系文艺理论教研室编：《文学基础知识》，第76页。

的有机统一。这三个层面构成了评判文学作品艺术性的完整框架。值得注意的是，俄罗斯学界对茅盾作品的接受呈现出明显的选择性特征。虽然茅盾的全部小说作品在俄罗斯都有译介，但研究焦点却集中在其长篇小说创作上，特别是《蚀》《子夜》等代表作。这一现象的产生具有双重原因：从创作本体来看，长篇小说不仅是茅盾最具代表性的创作体裁，更是他开创“社会剖析小说”这一重要文学范式的实践载体；从接受语境而言，俄罗斯悠久的文学传统对长篇叙事有着特殊的重视，而长篇体裁的宏大叙事特点也更有利于全面展现中国社会的历史变迁。

一、《蚀》三部曲

《蚀》是茅盾走入文学创作的第一次尝试，由《幻灭》《动摇》和《追求》三部构成。虽然被称为三部曲，但这三部作品是相互独立的，在人物和情节上并没有直接的关系。它描述了小资产阶级知识分子在第一次国内革命战争时期的心路历程，他们的生活与内心的挣扎。这三部曲以连载的形式刊登在《小说月报》上，并在当时的文坛引起了深刻反响。有人认为：“这部小说忠实地反映了时代”，但也有人认为：“小说中有太多的悲观情绪，对当时的社会环境造成了不好的影响。”在第一章中，我们介绍了《蚀》初入俄罗斯研究者研究视野时的情况。在20世纪50—60年代的研究者心中也有对这部作品的态度，例如：利希查在《论茅盾的早期创作》中指出：“在我们看来，三部曲最成功的地方是指明了小资产阶级革命的本质。但它没有成功地展示革命现实的广阔形势和前景，”[①] 费德林认为，“《蚀》的发表是中国文学界的大事，因为这个三部曲是反映中国现代尖锐社会问题的第一部巨著。”[②] 索罗金在这部小说中看到了一些时代的本质

① Лисица. Б. Я. Ранее творчество Мао Дуня. Советское китаеведение 1968, 3, с.73.

② Федоренко Н. Т. Мао Дунь. М., Знание, 1956. с.10.

特征，但同时研究者眼中的《蚀》并不完美，不足之处之一在于它决定通过女主人公静来展示现实社会，却没有能够刻画出更为符合时代的广阔图景，有时过于表面化和标语化。他指出，中国现代文学中《蚀》第一次提及了小资产阶级知识分子和革命的问题，但作家却未给出正确的回答。诚然，时至今日，我们也不否认《蚀》中出现了不恰当的悲观思想描写。但正如中俄两国学者达成的共识：它确实一方面反映并暴露了那一时代一部分资产阶级知识分子的错误思想倾向，另一方面较为客观地呈现了历史真相，具有一定的历史意义。

在《蚀》的研究中，俄罗斯汉学家们着重指出了茅盾塑造人物的最大特点是对人物心理的刻画。作家将心理描写作为小说创作的重要艺术关注点，读者不仅可以鲜明地感受到作品中人物外在的声音和面容，而且还可以进一步窥见他们隐秘的精神世界。索罗金认为:《动摇》和《追求》是具有开创性的。在鲁迅和其他20世纪20年代初的中国作家的焦点中往往只有2—3个人物，而茅盾已经开始在两部作品中塑造一个社会阶层的集体群像。 茅盾的《蚀》三部曲带有现实主义和自然主义描写复杂交织的特点，利希查认为茅盾艺术创作方法的卓越之处就在于通过对人物心理的刻画描绘现实动荡的社会问题。书中很多地方都是通过对不同心理状态的描写，将人物淋漓尽致地展现。茅盾对《幻灭》中主人公章静的塑造，受到了俄罗斯学者的广泛赞誉，“读者和批评家们认为静这一女主人公人物的塑造毫无疑问是成功的。茅盾通过不同时期静的心理变化来完成人物的塑造。心理分析在当时还是一种新的艺术手法。茅盾俨然已经通过这部作品成为心理描写的大师 …… 通过心理分析刻画的这一人物时至今日仍不失她的重要意义。”[①]《幻灭》中主人公章静想逃离苦闷的环境，开始新的生活。但是模糊的愿望，对奇迹出现的幼稚想法使她终究不能解脱。索

① Федоренко Н. Т. Мао Дунь. М., Знание, 1956. с.12.

罗金眼中的静并不是她的模样、穿着，而是她的内心感受。心理状态取代了外部特征，成为人物的代名词。“在中国文学的背景下，小说结构缜密，事态的发展与女主人公的心理发展同步。”① 也就是说，茅盾人物的心理并不是静止的，而是与社会的变革密切相关的，正如黑格尔所说：“艺术要渗透到最复杂的人类心情里去，使主人公充分自由地在各种不同的情境中展开内心世界发展、变化的生动性和完满性②。”方罗兰是《动摇》的中心人物，索罗金在介绍了方罗兰的基本情况之后，认为“最能表达方罗兰本质的就是他的一段内心独白，那是无辜女子被迫害之后内心的恐惧，充分显示了他软弱的本质。”而利希查在比较了三部作品之后指出，与《幻灭》相比，《动摇》中茅盾对人物心理的刻画才能更加突出，在方罗兰、方太太和胡国光等多位人物身上都有所体现，例如，《动摇》中的方太太，虽然与《幻灭》中主人公静性格相似，但是茅盾已将她的内心世界刻画得更为丰满和复杂。茅盾准确把握了小资产阶级对革命的态度，并以纯熟的心理描写技巧，在三部曲中将那份幻灭、动摇和脆弱展现得淋漓尽致。

茅盾作为语言大师，在这部最早的作品中语言的使用并不纯熟。索罗金指出了作家在创作语体风格选用上的混乱，他写道：“在第一章中静的肖像描写时作家使用了传统小说中的语言‘身段很优美，服装极优雅，就只脸色太憔悴了些’等等。读者可以感觉到这是中国传统小说中所特有的描绘语言，而在第三章中静和慧的外貌描写却使用了浪漫的风格，毫无疑问是来自欧洲文学。”③ 与此同时，“与传统的中国小说不同，小说开始于人物的对话。但是静未来的丈夫在介绍自己时却使用了传统文学的模式：

---

① Сорокин В. Творческий путь Мао Дуня. М., 1962. Издательство восточной литературы, c.36.

② [德]黑格尔：《美学》，朱光潜译，商务印书馆1979年版，第384页。

③ Сорокин В. Творческий путь Мао Дуня. М., 1962. Издательство восточной литературы, c.38.

姓—名—字”[①]，针对这一问题产生的原因，研究者认为是经验不足造成的，并且类似的错误在作家之后的创作中没有再出现。利希查肯定了茅盾在《动摇》中对直接引语的使用：它帮助了作家深刻揭示主人公的内心世界，赋予了叙述生动性和自然化，并且，他还认为，茅盾语言的选用，鲜明体现他对人物的态度。例如：对他否定的人物，多出现刻薄的语言，对他所喜爱的人物，则语言更为柔和。简言之，茅盾赋予了语言多重色调，并用这些不同色调彩绘不同的人物。

当然，和国内学者相比，《蚀》三部曲中的一些独特之处并没有被俄罗斯学界挖掘出来，如茅盾对环境的描写推动着事态发展，结构中的不足，等等。不过，从另一个角度看，这也为后世的研究提供了一定的空间。

二、《虹》

长篇小说《虹》创作于1929年的4月至7月间。作品以主人公梅分别在四川和上海两地的生活经历为轴线，反映了“五四”到“五卅”这段历史时期中国社会的巨大变化以及知识分子处于新旧势力和新旧思想交替中的动摇、矛盾和斗争。《虹》在俄罗斯学界是广受好评的一部作品。“《虹》是茅盾思想新变化的见证。”[②]利希查指出小说《虹》是茅盾掌握现实主义创作手法道路上的巨大进步。在中国文学中第一次出现了年轻知识分子为解放女性而进行的斗争和革命。[③]

---

① Сорокин В. Творческий путь Мао Дуня. М., 1962. Издательство восточной литературы, с.38.

② Сорокин В. Творческий путь Мао Дуня. М., 1962. Издательство восточной литературы, с.52.

③ Лисица. Б. Я. Творческий путь Мао Дуня. Писатели стран народной демократии сб.статей. вып.3., М., 1959, с.40.

小说塑造了梅这一鲜明的女性形象。索罗金认为茅盾笔下的梅是不同于其他女性的新女性，是茅盾小说中最具魅力的女性。她是茅盾思想发展，乃至中国现代文学史上的重要现象。作家成功地在主人公梅身上展示了一些正面性格，正如利希查所言，茅盾塑造的是新的女性形象，不同于受压迫、受屈辱的中国传统女性，她是一位革命者，却不乏诗意和对爱情的憧憬。这在中国有着非常重要的正面作用和社会意义。同时，索罗金认为茅盾塑造梅的主要手法还是心理描写。“作家没有逃避复杂的内心冲突，而是大胆地分析女主人公的内心世界，他的心理描写的高超技巧展现出来。”[①] 茅盾出色地描摹出梅行素思想性格的发展和心路历程，浓缩了整个时代的主要倾向。除此之外，索罗金指出了茅盾作品中环境描写的重要性，“《虹》的环境描写是作品的一大亮点。它以各种色调精细地再现多姿的大自然风貌，而活生生的风景画，又是同人物的内心活动相协调的。作者笔下的种种景色，无疑都是为了衬托主人公梅的痛苦和沮丧”[②]。而乌利兹卡亚更是对自然描写大加赞赏，“全书环境描写非常精彩。我最喜欢的是第一章。在这一章中，作家轻重合一，描绘出了一幅瞬息万变的图画，就好似主人公梅冲破万难仍勇往直前的人生”[③]。

在结构上，索罗金指出，与三部曲以时间为序展开作品不同，《虹》采用了半倒叙的处理方式，并认为这是中国传统文学中所没有的，来自茅盾对世界文学的吸收。《虹》的第一章写了梅离开四川到上海，第二章到第七章回叙的是梅在四川成都、重庆等地的活动，第八章开始再描写梅在上海的斗争活动。这种手法的使用无疑增添了小说的艺术色彩。除此之外，利希查发现了次要人物的活动构成了小说的另一条线索，这条线索与

① Сорокин В. Творческий путь Мао Дуня. М., 1962. Издательство восточной литературы, с.52.

② Сорокин В. Творческий путь Мао Дуня. М., 1962. Издательство восточной литературы, с.53.

③ Рассказы. перевод с китайского Л. Урицкой. М., Гослитиздат, 1960, с.4.

主人公梅的活动主线互相牵制，有力地推动情节的发展，有助于主题思想的揭示。显然，汉学家对于《虹》这部小说的结构框架是肯定的，但在我们看来，这部小说却给人"头重脚轻"之感，小说结尾处的爱情情节处理得很仓促，作家几乎是草草收笔，这不得不说是《虹》的最大遗憾。

较之于茅盾的早期三部曲小说《蚀》，在作品《虹》中一切都有了新的发展，它抓住了时代新的脉搏，发表之初就广受好评。在整个俄罗斯学界，对《虹》的整体评价也颇高，汉学界关注作家人物的塑造和结构的处理，研究成果虽有些肤浅，但终究代表了这一时期研究者们对这部作品的认知，具有一定的价值。

三、《子夜》

《子夜》是茅盾创作进入成熟阶段的代表作，也是我国现代文学史上具有划时代意义的杰作。写于1931年10月，结稿于1932年12月，全书共三十万字。索罗金称《子夜》为"中国社会的史诗"，是"使茅盾成为中国一流作家的作品"。

总体来看，索罗金在内的俄国汉学家对《子夜》的研究主要集中于三个方面。研究热点之一是茅盾与俄国文学巨匠托尔斯泰、高尔基。索罗金在《茅盾的创作道路》中提出，茅盾在后期作品中对社会历史的规律的深刻剖析和对生活内容的丰富表现，受到了高尔基革命现实主义创作的影响。他强调："茅盾看到了高尔基现实主义艺术成就的取得在于以恢宏的眼光着力进行细节的描写。"① 而茅盾自己也承认高尔基对自己的影响："高尔基的作品使我增长了对现实的观察力，而其特有的处置题材的手法，

① В. Ф. Сорокин Творческий путь Мао Дуня. М., Изд–во восточной литературы, 1962, с.102.

也使我在所知的古典作品的手法而外，获见了一个新的境界。”[①] 针对这一问题，另一位汉学家利希查甚至以《茅盾创作中的高尔基》（«Горький в творчестве Мао Дуня», 1972）为题聚焦探讨。他认为茅盾相较于其他中国作家，更多地受到了高尔基的影响，这种影响主要体现在思想和创作手法上。他通过分析《子夜》和高尔基的《福玛·高尔杰耶夫》（«Фома Гордеев»）在形式和内容上的差异，指出两部作品各具特色，皆带有深刻的民族性，同时茅盾借鉴了高尔基追求“当代性的广阔及有内涵的画面”[②] 的叙述手法，并在《子夜》中塑造了与马雅金相似的商人形象，例如典型人物吴荪甫和赵伯韬。更有意义的是，利希查强调，相似的社会环境在很大程度上决定了文学作品在思想性和感情基调上的相似性。

除了高尔基，汉学家们也指出茅盾对于托尔斯泰的偏爱。鲁德曼对《子夜》部分章节进行了分析：“第一章主要描写了吴老太爷的丧事，在本章中小说的核心人物都相继出场，茅盾借鉴了托尔斯泰的《战争与和平》的结构模式，在小说开篇就理出了全书主要的情节发展线索。”[③] 他认为作家借鉴了托尔斯泰的现实主义写作方法。尽管《子夜》仅描绘了1930年5月到7月两个月的社会生活，但反映的生活面却非常广泛，视野开阔、布局宏伟。鲁德曼认为茅盾对《战争与和平》结构模式的把握，使他轻松地处理了整个时代的矛盾。这种结构上的相似性，不能简单地视为偶然。托尔斯泰作为茅盾特别偏爱的俄国艺术大师之一，茅盾曾表示：“我觉得读托翁的作品至少要做三种功夫：一是研究他如何布局（结构），二是研究他如何写人物，三是研究他如何写热闹的大场面。”[④] 从某种程度上说，对

① 茅盾：《爱读的书》，见《茅盾文集》（十），人民文学出版社1961年版，第146页。

② Б. Я.Лисица Горький в творчестве Мао Дуня // Теоретические проблемы изучении литератур дальнего востока. Тезисы докладов пятой науч. конференции, 1972.

③ Перед рассветом. Роман. Пер. Хо Фу и В. Рудмана. (Предисл. В. Рудмана). Л., Гослитиздат, 1937, с.61.

④ 茅盾：《爱读的书》，见《茅盾文集》（十），人民文学出版社1961年版，第146页。

托尔斯泰艺术追求的深入理解使得《子夜》在结构上达到了与《战争与和平》异曲同工的效果。

研究热点之二是对现实主义题材的高度关注和认可。费德林在《相见中国作家》(«Встречи с китайскими писателями», 1954)中强调了《子夜》的重要性:"当时的大家都将注意力放到上海这座城市,但是当时能了解具体局势的书籍非常少,确切地说是完全没有,而《子夜》就是个例外,《子夜》展现了一幅大上海现代生活的清晰画卷。"① 索罗金称《子夜》为"中国社会的史诗",是"使茅盾成为中国一流作家的作品",认为《子夜》彰显了茅盾革命文学理论与实践的力量。利希查认为"从小说《子夜》开始,中国小说从传统的分析单个社会问题转向对一个时代垂直面的关注"②。作为20世纪50年代茅盾的主要研究者,费德林和利希查从不同角度对茅盾创作中现实主义题材进行阐释。费德林称:"茅盾的作品是本世纪中国20年代和30年代初社会生活独特的百科全书。大概没有一个中国作家像茅盾一样,展现了中国当代社会如此广阔的画面,描绘了如此众多的现实人物群像,提出了这么多的社会问题。"③ 他从作家创作题材入手,宏观评述了其作品中明显的现实主义风格。较之于费德林评述的恢宏,利希查的评述则更为微观细腻。他的文章集中于茅盾刻画的典型人物和典型命运。在利希查看来,茅盾笔下的人物无论是资产阶级、新型女性还是新农民,他们的能力都是不够强大的,时代的局限性注定了他们悲剧的结局。与此同时,他们经历了当时中国社会的不同发展阶段,时代的特性也深深地在他们性格形成的过程中留下了烙印。两位汉学家从不同的角度解读作品,用大量笔墨论述了创作的现实主义题材及意义。他们的观点

---

① Н. Т. Федоренко Встречи с китайскими писателями // Новый мир, 1954, № 9.

② Б. Я. Лисица. Творческий путь Мао Дуня. // Писатели стран народной демократии: сбо статей. вып.3., 1959.

③ Н. Т. Федоренко Встречи с китайскими писателями // Новый мир, 1954, № 9.

是苏联汉学的缩影，浓缩了其最感兴趣的话题。

研究热点之三是对《子夜》文学性的阐释。一些汉学家如索罗金、利希查认为，《子夜》是茅盾创作进入成熟阶段的代表作，其中融合了茅盾多种写作手法，其价值远远超出了一部小说，因而对作品艺术性的解读也是他们关注的重点。首先，《子夜》的结构是小说最为成功的方面。除了上文所提及的茅盾对于托尔斯泰结构的借鉴外，索罗金认为从第二章开始，小说的结构变得复杂，内容的发展穿插着很多线索。同时，他认为《子夜》与茅盾的另一部作品《追求》不同，这部作品中所有的线索均围绕着一个核心线索展开，即吴荪甫与赵伯韬的矛盾与斗争。茅盾以其精湛的叙事技巧，使得众多人物和情节皆围绕小说的中心思想和艺术规划展开，所有人物关系和命运的转变都艺术地环绕着主要矛盾的发展。利希查进一步认为，《子夜》是以吴荪甫的创业发展为主线，与此同时在他周围还有一些与他有直接关系的矛盾，主线与这些矛盾共同构成了整篇小说的结构，这显然是受到了《红楼梦》的影响。

其次，《子夜》语言使用的多样性也是探讨的焦点。利希查谈及《子夜》中有很多口语化和通俗化的表述，认为这些口语使得作品简洁活泼、富有生气和表现力，而俗语中所特有的文化载体，又赋予了作品通俗幽默，简洁灵活和风趣形象的语言风格，“这些词语与环境融为一体，将人物的行为表现得更为具体。”[①] 索罗金注意到了小说中文言文词语的运用，“茅盾在小说中根据人物、情景和事态发展的变化，使用了一些中国古老的文言文词语，我们不能说他是对封建文学的反流，相反，这些文言文词语的使用却显得非常自然、简练，同时也具有一定的讽刺意味。”此外，汉学家还意识到《子夜》中经常会出现一些英文的使用，如“Light，Heat，Power !”，他认为这些都是茅盾有意为之，在中文中穿插英文，在

① Б. Я. Лисица Мао Дунь. // Иностр. литература, 1956, № 7.

塑造了人物形象的同时也反映了20世纪30年代中国半殖民地的时代特征和上海这一城市的复杂处境，文章在这些词语中也显得活泼有趣，增强了艺术表现力。正如前文所言，茅盾是语言大师，他经常在一部作品中使用多种语言形式，这一方面与他接受的新学教育有关，而另一方面则是他处于新旧文学交替时期的反映。苏联汉学家们的研究虽各有偏重，但却从整体上恰如其分地体现了《子夜》复杂的语言特色，这也在一定程度上说明了其对汉语和中国文化的了解是较为深入的。

最后，汉学家们在“茅盾善于人物形象的多维塑造”上达成了共识。《子夜》中塑造的各种人物不仅在茅盾的整个文学创作中，同时也在中国现当代文学人物画廊中成为不朽的形象群。索罗金针对吴荪甫形象的塑造着墨颇多。他认为，茅盾利用详尽的上海金融业的环境塑造了吴荪甫与众不同的形象。“我们看到的吴荪甫是所有斗争中的竞争者，在与工人的冲突中，在资本的游戏中，等等。我们看到了他如何对待自己的妻子和亲人，如何对重大事宜做出决断。在总体上我们知晓他对中国现实的态度和人生理想。然而我们在细节中更能体会这个真正的上海商业巨子的形象，这个拥有旺盛生命力和政治野心的、具备所有成功可能性的吴荪甫是如何走向失败的。”① 在索罗金看来，茅盾用这个中心人物将其周围的复杂关系和情形展露无遗，这不仅有助于读者拓宽对人物的想象，同时也使得读者随着章节的进展而加深对主要人物的印象。另一位汉学家利希查也用具体实例对此表示了认同：“在《子夜》的第七章当中，作者首次将吴荪甫放置于交易所、家乡和工厂的交错斗争中。我们看到了不同的吴荪甫：或是沮丧的，或是挣扎的，又或是兴奋的。”② 作家将主人公放置在了一个广阔

① В. Ф. Сорокин Творческий путь Мао Дуня. М., Изд–во восточной литературы, 1962, с.66, 68.

② Б. Я. Лисица Творческий путь Мао Дуня. // Писатели стран народной демократии сб. статей. вып.3., 1959.

复杂的历史背景之下，展示他在政治斗争、经济形势以及家庭生活各个方面的复杂心态，性格特征更为鲜明。除此之外，利希查还特别强调了女性形象在这部小说中的地位和写作特色。至于《子夜》中人物性格展现的方式，汉学家们认为是通过多种手段实现的，例如细节描写和心理描写。利希查强调，作品中多次看到《太上感应篇》这个书名。开始《太上感应篇》这本书在吴老太爷的手中，表现了吴老太爷是中国封建势力的代表，他守旧、排斥一切新的东西。关于细节描写，我国的研究者也有所关注，例如茅盾研究学者庄钟庆就曾分析过《子夜》中吴少奶奶手中的《少年维特之烦恼》和“白色玫瑰花”，认为这些细小的事物表现了她内心的忧郁和苦闷。虽然中俄研究者在分析时选取的实例不同，但都在一定程度上揭示了茅盾“以小见大”的能力。茅盾用多样的心理描写实现了人物内心世界的呈现。利希查指出，茅盾熟知中国古典文学中的写作技巧，将景物和人物结合在一起。在一个章节中以某种自然现象与人物的思想、心理和行动密切联系在一起。他以《子夜》第七章为例说明，“开头作者描述天气的阴沉，而此时的吴荪甫正在担心公债投机能否成功；接着出现了大雾小雨中的昏暗，正是吴荪甫在工厂方面的事故引起的不安急躁；当吴荪甫和李玉亭谈话之后，心中的苦闷与‘天气阴暗到几乎像黄昏’的景色相衬”①。对于茅盾来说，景色和天气的描写是重要的表现手法。它们不仅可以明晰局势，也可以展示人物的性格和内心状态。

与译介的停滞时间一致，20世纪60年代以后的很长一段时间，《子夜》都处于被冷落的境地，直至2017年《子夜》的再版发行，新的研究成果才逐渐出现。在新版《子夜》序言中，圣彼得堡大学东方系教授、文学翻译家、汉学家罗季奥诺夫回顾了茅盾生平的重要节点，并特别强调了1933年《子夜》的出版对茅盾个人以及整个中国文学发展中的重要意义，

① Б. Я. Лисица Творческий путь Мао Дуня. // Писатели стран народной демократии сб. статей. вып.3., 1959.

认为它是一个重要的里程碑。在内容分析上，汉学家指出，茅盾通过广泛的故事背景，揭示了从工人、土匪到股票交易商和军人等不同社会阶层的命运，展现了“在一个内乱和外国干涉交织下的国家中的多重矛盾，把所有中国人 —— 无产阶级、土地所有者和资产阶级 —— 的生存状态推向了边缘”[①]。青年作家、文学爱好者西罗京（С. Сиротин，1985 — ）在其网站文章《一位优秀的资本家》（«Хороший капиталист. Мао Дунь. Перед рассветом»，2019）中对《子夜》进行了深入的文学阐释。他分析了小说涉及的两个核心主题：资本家吴荪甫的创业之路以及资本家与工人之间的复杂关系。西罗京认为，茅盾以客观的语言如实地描述了历史，展现了当时中国人的生存状态，“阅读《子夜》会感觉到现实主义作品的强大力量，这部紧张又深刻的小说是二十世纪中国文学的巅峰之一。茅盾用一幅生动的画布，讲述了国家历史上一个艰难的时期。”[②]记者、汉学研究者雷巴丘克（С. Рыбачук，出生年份不详）在《〈子夜〉：资本主义的社会肖像》（«‹Перед Рассветом›: социальный портрет капитализма», 2019）一文中将《子夜》描述为“阶级的‘拼接’”，认为茅盾坚持现实主义的原则，向读者介绍了不同阶级和阶层在典型环境下的典型代表。[③]与西罗京的分析相比，雷巴丘克更为细致地探讨了作品中的阶层代表，例如社会精英、企业家、金融家、封建地主、知识分子、工人和共产党员，以及走狗、工会会员和叛徒等。值得注意的是，学者还提及了《子夜》的俄文译名。他指出除了苏联以外，其他国家通常将书名译为“Полночь”（午夜），而苏联读者却看到了一个“鼓舞人心”的名字“Перед рассветом”（直译为“黎明之前”），这一选择反映了译者们对作品深层含义的理解：经过了可怕

① Мао Дунь. Перед рассветом. Отв. ред. и сост. А.А. Родионов. СПб.: Гиперион, 2018, с. 8.

② С. Сиротин Хороший капиталист. Мао Дунь. Перед рассветом https://noblit.ru/node/3633?ysclid=m3eckxdp3b892811518.

③ С. Рыбачук «Перед Рассветом»: социальный портрет капитализма https://rabkor.ru/columns/analysis/2019/05/27/before-the-dawn/.

的抗日战争和国民党内战，中国共产党人赶走了蒋介石和干涉者的军队，建立了中华人民共和国。尽管小说的结局是吴荪甫的崩溃和赵伯韬的成功，但在黑暗中，读者仍能在地平线上看到希望的曙光，它象征着一个新时代的来临。

四、《腐蚀》

茅盾创作于1941年夏季的长篇小说《腐蚀》，是其继《子夜》之后又一部具有重要文学史意义的作品。这部诞生于抗日战争相持阶段的小说，通过独特的日记体叙事形式，深入刻画了主人公赵惠明的精神世界，尖锐地提出了战时知识分子道路选择这一时代命题。作品采用第一人称视角展开心理现实主义描写，在艺术形式上展现出茅盾小说创作的突破与创新。在俄罗斯汉学界的接受视域中，《腐蚀》被视为理解中国现代文学发展的重要文本。

茅盾以日记的形式进行创作，增强了作品的真实感，同时在艺术手法上极适合于心理分析手法的运用。也正因为如此，与茅盾其他的作品相比，《腐蚀》中的人物心理描写是最细腻的。索罗金在分析这部小说一开始就指明："和其他的作品一样，在《腐蚀》中茅盾也用了心理描写来刻画人物，但不同的是，在《腐蚀》中刻画心理的方法是对西方小说的借鉴。西方小说中通常较多地用较长的篇幅来描写人物心理，在这个漫长和复杂的过程中，主人公的点滴情绪会被描写出来。《腐蚀》中当赵惠明告发小昭之后，有一长段的心理描写，这就是西方文学中所经常见到的。"① 茅盾对西方小说的借鉴展现了主人公内心的复杂情绪。《腐蚀》中心理描写是最主要的刻画人物的手段，因侧重于揭示人物的内心世界，所以对赵

① Сорокин В. Творческий путь Мао Дуня. М., 1962. Издательство восточной литературы, с.99.

惠明这一形象的塑造整体而言留给了我们更多的想象。可以说，在这部小说中，作家的写作重心从对客观现实的精准描绘转移到对人精神世界的细腻刻画。

至于《腐蚀》的结构，索罗金认为："在茅盾所有的小说中，《腐蚀》是在结构上最紧密、情节发展也最紧张的一部。"① 同时他认为《腐蚀》实际上有两条线索，一条是赵惠明个人的心理感受，另一条是复杂的时代社会矛盾，并高度评价茅盾的这种构思："这在逻辑上是一种将复杂的情节结构纳入心理结构中的复合结构，是把中国的各种矛盾，其中包括民族、阶级和社会矛盾交织在心灵之中，使得主人公的心理具备鲜明的社会性和时代性。"②《腐蚀》采用了日记的文体，片段式地展示事情发展，但不乏紧凑，以赵惠明走上特务道路后的挣扎矛盾为主线，同时精心安排了许多人物和故事，主线突出，细节清晰。

同时，汉学家们也注意到了《腐蚀》中的语言特色。"从《腐蚀》中，我们看到茅盾追求的是简练、深刻、节奏感强烈的语言。除此之外，作者还将对话置于作品当中。《腐蚀》中人物的对话是富有个性的，作者根据人物性格的需要分配不同的对话样式。"③ 索罗金还指出在作品中使用了大量的带有民族特色的古语，却也不乏欧洲语言。他认为虽然茅盾如此行文丰富了自己的文字，但同时也对读者理解造成了不便。

《腐蚀》是茅盾国内版本最多的一部小说，而相较于当时国内大部分政治意义上的解读，俄罗斯学者们还是本着对待文学作品的态度，从人物心理分析、结构设置和语言特色角度进行研究，体现了研究者们严谨科学

---

① Сорокин В. Творческий путь Мао Дуня. М., 1962. Издательство восточной литературы, с. 101.

② Сорокин В. Творческий путь Мао Дуня. М., 1962. Издательство восточной литературы, с.99.

③ Сорокин В. Творческий путь Мао Дуня. М., 1962. Издательство восточной литературы, с.102.

的治学态度。

茅盾作品是思想性和艺术性的结合体，在创作实践上他以展现时代特征和社会矛盾为己任，因而作品中具有鲜明的思想性；与此同时，茅盾也没有放弃追求作品的艺术观赏性，多种艺术手法都被应用到创作之中。据资料分析，对茅盾作品的艺术性考察是这一阶段苏联研究者们研究茅盾作品的重点，但总体而言，成果庞杂，乍看上去，是全面展示、重点不突出的。但经过我们深入的研读，掌握了他们的研究思路，即从每部作品的人物塑造、结构建构、环境描写和语言风格入手。

研究者们关注《蚀》三部曲中的静和方罗兰、《虹》中的梅、《子夜》中以吴荪甫为中心的庞大人物群和《腐蚀》中的主人公赵惠明，其中有肯定之言，也有贬低之意，但基本上都是从实际出发的评价。其中塑造人物的主要方法是通过心理的描写展现人物性格，但每部作品却也有自己人物塑造的独特手段，即使是心理描写也有应用多少、侧重何处、具体手法的区别。

在俄罗斯学者眼中，茅盾是逐渐成长为语言大师的。在《蚀》中语言的使用并不纯熟，甚至是创作语体风格选用上的混乱。而到了《子夜》的创作中，虽然也使用了多种语体，如口语化的表述、中国俗语和文言文词语，甚至还有英语，但这些不同类型的词语都出现在了它们对的位置，不仅没有混乱，反而增强了整部小说的魅力。对于《腐蚀》中的语言特色，俄罗斯学者认为是简练、深刻、节奏感强的，同时个性化的对话增强了作品中人物性格和身份的辨识度。

在结构上，研究者们主要关注到了《虹》《子夜》和《腐蚀》。《虹》采用了半倒叙的处理方式增添了小说的艺术色彩，同时作品中由主人公梅和次要人物活动两条线索构成。《子夜》的结构是小说最为成功的方面。内容的发展穿插着很多线索，这些线索都围绕着一个主要线索——吴荪甫与赵伯韬的矛盾与斗争展开。至于作品《腐蚀》，它采用了日记的文体，片段式地展示事情发展。但它是紧凑的，也是主线和多条副线的结合，主人公的心理感受也作为其中一条线索展现复杂的时代社会矛盾。

第三节　俄罗斯学界对茅盾文艺批评观点的阐释

作为20世纪我国现代思想文化运动中一位卓越的先驱者、文学家、社会活动家和翻译家，茅盾的身份和成就是多方面的，因而对他的接受也应该是从多角度进行的。值得欣慰的是，进入20世纪50年代以后，整个学界的茅盾研究状况更具综合性和系统性，俄罗斯学者增强了茅盾研究的广度和深度，认识到了茅盾作为作家以外的身份。除了对其名著、名篇与创作道路、文学成就的分析评论外，一个经历过挫折但却从未停止脚步的文艺理论家标签已经贴到了俄罗斯学者研究中的茅盾身上。以下笔者将从研究形式、分析重点、俄中研究异同和形成原因等方面呈现为俄罗斯学界所接受的文艺理论家茅盾。

正如上文所言，进入20世纪50年代以后多位研究者的文章及专著中都涉及了茅盾的文艺批评，如：1954年乌利兹卡亚为《茅盾小说选》所作的序言、罗果夫的《论茅盾》(1956)、费德林介绍作家的小册子《茅盾》(1956)和《茅盾——纪念作家六十岁生日》(1957)、利希查《论茅盾》(1956)和长篇文章《茅盾的创作道路》(1959)，以及索罗金的《茅盾的创作道路》(1962)等。从上述资料的名称中我们可以看出，这一时期研究者们仍然以宏观概述为主要研究方法，但与上一阶段不同的是，文艺批评被看成茅盾走上创作道路之前的重要阶段被介绍出来，显然，俄罗斯学者们已经意识到文艺理论是茅盾一生中不可或缺的部分。众所周知，批评家茅盾是先于小说家茅盾而出现的，即使文学创作已然带给他享誉国内外的声名，茅盾仍然不断地考察文学状态，进行文艺理论批评。遗憾的是，俄罗斯学界未将茅盾一生的文艺批评详细叙述，而是将研究精力集中于茅盾文艺批评生涯中最活跃最有建树的时期：新文学初期（1916—1931），主要呈现了茅盾的整体文艺观的流变，即从最初的革命民主主义“为人生”的文艺观再到“为无产阶级”的文艺观。在研究思路上，除了按照时间点概述外，研究者们选取了不同时期茅盾较有代表性的文艺理论文章进行评述，表明观点。以下笔者将按照研究者们的研究顺序，同时也是茅盾文艺理论流变的经过考察研究者们的观点。

一、革命民主主义“为人生”的文艺观

“为人生”已经成为茅盾的代名词之一。利希查认为：茅盾“为人生”文艺观的确立以“文学研究会”为分界点分为形成期和发展期，而其他研究者也均接受了这种观点。

（一）«Учащиеся в 1918 году»（《一九一八年之学生》）

茅盾在五四运动前后写下了二十多篇文章，有针对社会、政治时局的看法，有翻译介绍外国文学并进行的文学评论。研究者们普遍认同这一时期是作家整个思想变革中必不可少和意义非凡的阶段，但对于这一阶段茅盾的文评研究却只有一篇文章，即《一九一八年之学生》（«Учащиеся в 1918 году»）。这是茅盾第一篇关于社会人生的文章，发表于1918年1月的《学生杂志》上。“这篇文章是茅盾在‘五四’时期政治思想提升的见证。”[①]索罗金如是说，“文章的内容彰显着作者作为革命民主人士的思想”。俄罗斯学者对五四运动之前茅盾文艺思想的探究中仅仅凭借这篇文章的只言片语，他们认为这篇文章是当时能够代表茅盾文学主张的，文章

① Сорокин В. Творческий путь Мао Дуня. М., 1962. Издательство восточной литературы, с.8.

中包含着民主和准备为理想而战的爱国主义思想。费德林更为具体地指明："作为刚刚走出校园的学生，茅盾顺应了当时中国时代的潮流，在进化论的影响下选择了民主主义思想，为后期'为人生'文艺思想的确立奠定了基础。"①

（二）«Об определении понятий новая и старая литература»（《新旧文学平议之评议》）

《小说月报》在改革之前曾是一个基本上属于鸳鸯蝴蝶派的刊物，只刊载旧体诗文和用文言文翻译的外国小说。在五四文学革命的影响下，商务印书馆应时代需求进行了改革，从1920年1月开始茅盾参加并负责这次革新，就在1月出版的第十卷第一期《小说月报》上，发表了短评《新旧文学平议之评议》（«Об определении понятий новая и старая литература»）。索罗金认为在这篇文章中茅盾首次提及文艺理论的若干问题：茅盾眼中的新文学是"全面的"，它不仅属于一小部分人，而且面向所有的人，描述现实生活，文学应该属于全体人民，而不是个别阶层，它充满人道主义、光明和力量；文学作品应该不拘泥于样式的精美，内容的深刻；等等。索罗金将这些观点均看成作家开始为中国民主文学抗争的思想源头，并指出在这之后的文评中茅盾将这些观点深化并具体化，符合人生需求，并在政治和文学争辩中不断确定，但是作家作为中国革命民主思想的宣传者之一抗争的目的没有改变。

（三）文学研究会（Общество изучения литературы）

五四运动之后，新文化运动的发展打破了当时中国文坛上沉寂的氛围，新的文学报刊和文艺团体纷纷出现，改革后的《小说月报》是当时占据主流的文艺刊物之一，而文学研究会则是影响较大的文学团体之一，俄罗斯学者们关注茅盾与《小说月报》和文学研究会的密切关系，认为早期

① Сорокин В. Творческий путь Мао Дуня. М., 1962. Издательство восточной литературы, с.8.

的茅盾正是以此两地为阵地，进行扎实的文学研究和犀利的文艺批评，并正式确立了“为人生”的文艺观。

文学研究会成立于1921年，是北京一些文学上的进步人士共同酝酿并组建而成的，当时的茅盾担任《小说月报》的编辑 。“1921年包括茅盾在内的中国进步作家们组成了现实主义的文学团体，名为‘文学研究会’。主要代表人物茅盾对研究会报以丰沛的精力和革命热情。”① 文学研究会的主旨是继承五四运动的精神，宣传革命民主主义的思想，倡导反映人生，关心人民疾苦、同情“被损害者与被侮辱者”的现实主义文学主张，否定将文艺当作高兴时的游戏或失意时的消遣的观点。“在文学研究会中，茅盾的文学观点是最有代表性的。”② 索罗金、利希查和费德林等研究者的著述和文章中均对文学研究会进行了详细介绍，并认为在1921 — 1925年茅盾发表的文艺论文，如《文学与人生》《大转变时期何时到来呢?》《论无产阶级艺术》等，都是在文学研究会的框架下进行的。利希查更是表明了这些文章的重要性：“在作家20年代初的一系列文艺理论文章中，年轻的茅盾坚决地提出了文学在社会中的作用以及文学的社会意义等问题。这些文章是非常重要的，这些不仅代表着茅盾当时的文艺观点，而且记录着茅盾文艺观转变的过程，同时也是研究中国现代文学史的重要文献。”③ 在这些研究中，研究者们除了细致的评述外，在诸多观点上基本一致。

首先，俄罗斯研究者肯定了茅盾所倡导的文学的积极社会作用。利希查、费德林在分析茅盾早期文艺观点时均指出茅盾在《小说月报》发表的一系列关于新的现实主义文学的文章，表达了中国人民生活的原貌和斗争。

其次，俄罗斯研究者认为：茅盾对文学与人生关系的观点受到了泰纳

---

① Федоренко: Мао Дунь, издательсвто «Знание», м., 1956, с. 8

② Федоренко: Мао Дунь(к шестидесятилетию писателя), восточный альманах, сборник выпуск первый, государственное издательство художественной литературы, м.,1957,с .38.

③ Лисица. Б. Я. Творческий путь Мао Дуня. Писатели стран народной демократии сб.статей. вып.3., М., 1959, с.11

社会学观点的影响。在《文学与人生》一文中，茅盾的文学反映人们的生活、传递人类的情感，并使他们真心地对待彼此。作家在根本上是以泰纳的文化历史方法为基础的，在他看来文学和人生的这种关系，具体表现在确定民族性格的人种、包括思想主张和政治态度的环境、时代和作家人格四个方面。泰纳的美学观点在短期内启迪了茅盾的思路。不过在研究者索罗金看来，泰纳在那些试图销毁中国封建文学和文化的理论家眼中是先进的，但是严格意义上来说，缺少等级内涵和政治深度的泰纳主张已经不能满足这个时代进步的文学家的需求了，但同时他也指出茅盾在发现了这一点后就马上放弃了一度坚持的泰纳美学思想。利希查等其他研究者也认为："茅盾完全应用了泰纳的社会学的观点，却也有所不同。泰纳强调了人种，他认为人种是最重要的，是文学的根源。而茅盾在三个要素之外加上了一个作家的人格，并且特别强调了社会背景（环境和时代）的作用。他认为'什么样的背景便会产生什么样的文学'，只有'表现社会生活的文学才是真文学'。在分析作为文学的基础的社会时，泰纳抽掉了社会的阶级部分，单纯从心理学和生理学的观点分析文学与社会的关系，显然已经不能满足当时进步的文学工作者。茅盾很快意识到这点，并抛弃了这种观点。"[①] 显然，在这个问题上，苏联研究者们达成了共识：茅盾接受过泰纳的美学思想，但对其进行了改造。当他发现泰纳的思想并不能满足中国社会要求的时候果断放弃。

再次，茅盾所提倡的自然主义是不恰当的。索罗金在专著《茅盾的创作道路》中对茅盾的《自然主义与中国现代小说》（«Натулизм и современная китайская проза»）一文给予关注。他认为《自然主义与中国现代小说》的内容包括以下三个部分：第一，茅盾详细介绍了几种陈旧的文学样式，把中国当时创作的小说分为新旧两派，从中国旧章回小说分

① Лисица. Б. Я. Творческий путь Мао Дуня. Писатели стран народной демократии сб.статей. вып.3., М., 1959, с.13

析起，直到当时的白话小说，其意图是要指明各种样式的文学都存在着同一严重问题，即“描写不够真实，内容单薄，不能深刻地反映社会问题”。第二，茅盾认为自然主义可以克服这些缺点。因为自然主义是力求客观地反映现实的，在描写方法上它采取实地观察、实地描写的方法，这正可以克服描写不真实的毛病。“作家认为中国文学已经落后于世界文学，中国作家现在应该重复西方作家们走过的阶段。在西方现实主义和自然主义已经被新浪漫主义所取代，茅盾认为新浪漫主义是最好的。但是文学不能跳级，因而对中国来说最好的文学方法应该是自然主义。”[①] 针对茅盾所说的文学阶段不能跳级，索罗金一语道破：茅盾没有看清不同文学潮流的社会制约性，而文学的进化则是直线发展的。在题材的选取上，茅盾认为“自然主义是经过近代科学的洗礼的，它的描写方法，题材以及思想，都和近代科学有关”，应该学习自然派的作家，把科学上发现的原理应用到小说里，并应该研究社会问题、男女问题、进化论等种种学说。索罗金则认为茅盾高度提倡自然主义，主要原因是他对现实的不了解，在面对文学和美学概念时显得力不从心。第三，茅盾推崇左拉。在创作的描写方法上，茅盾认为左拉的把实地考察所得照实描写出来的方法，最大的好处是“真实和细致”。自然主义的方法，既可表现“全体人生的真的普遍性”，同时又能表现各个人生的“特殊性”。研究者则认为：“左拉的自然主义理论存在着重大的缺陷，自然主义并不能真实地、正确地反映现实。对于左拉本人而言，他的创作实践与自己所提倡的理论就发生了矛盾，他也并没有按照自己阐发的理论去进行创作，因而我们认为茅盾当时所提倡的自然主义是不恰当的，它并不可能真正解决当时中国文坛上的弊病。”[②] 除此之

---

① Сорокин В. Творческий путь Мао Дуня. М., 1962. Издательство восточной литературы, с.17.

② Сорокин В. Творческий путь Мао Дуня. М., 1962. Издательство восточной литературы, с.17.

外，索罗金还指出茅盾对文学传统的态度过于极端，“他犯了五四运动之后大部分进步作家都犯的错误，即对过去全盘否定，将所有过去的东西都看成不好的、过时的”①。

上述分析得出，俄罗斯学者们肯定了茅盾为人生的文艺观，但与此同时，也认清了茅盾在文艺观建立过程中对外来文学流派的接受与吸收。正如利希查所言：“在中国五四运动时期有一种非常普遍的浮躁状况，文学工作者并不熟悉外来文学理论的文化和历史背景，却只注重理论的实用性，同时也并没有足够的能力将外来理论转化、建构并用来解决中国文坛自身问题。”② 诚然，研究者们将茅盾对泰纳或是左拉的接受看成表面的，因此始终没有真正转化为属于茅盾自己的、有一定系统性和自足性的理论。但与此同时也有学者对茅盾予以肯定，乌利兹卡亚认为：“茅盾在中国新文学建设初期的努力是巨大的，他积极地将国外的先进文学理论与中国文坛现实相结合，虽然中间遇到过挫折，但相对于一般的人生派作家或批评家，茅盾的理论规模是不可小觑的，因而茅盾是当之无愧的‘人生派’的发言人。”③ 回观我国茅盾的文艺理论研究，茅盾对泰纳的社会学和左拉的自然主义的接受也是不可回避的话题。片面地不承认茅盾早年曾经提倡过自然主义，或是因茅盾早期对自然主义的推介和提倡，就断言其从属于自然主义派，都是不正确的态度。学界对此从最初的一味批判，最终达成共识，大部分学者认为：茅盾确实接受了泰纳社会学的文艺观和左拉自然主义中的个别观点和相关准则，本着“为我所用”的批判态度，在民主主义思想的驱动下加以改造，并发展形成自己早期的文艺观。正如学者们分析的那样，当时的茅盾对文艺理论的把握是有些“力不从心的”，他

① Сорокин В. Творческий путь Мао Дуня. М., 1962. Издательство восточной литературы, с.18.

② Лисица. Б. Я. Творческий путь Мао Дуня. Писатели стран народной демократии сб.статей. вып.3., М., 1959, с.15

③ Рассказы. перевод с китайского Л. Урицкой. М., Гослитиздат, 1960, с.5

并没有真正理解所谓的自然主义是什么。我们说茅盾早期推崇左拉，提倡自然主义，不如说他只是提倡他所理解的自然主义，提倡自然主义中的一部分“真”。现代文学上的自然主义是文艺创作中的一种倾向，在描写生活事件的时候，只求表面的真实，对于个别的现象只做记录式的描写，而不表现这些现象的内在意义，不显露本质的、典型的、合乎规律的东西，“因而不可能反映出生活的本质，甚至有可能会歪曲生活。”[①] 而茅盾却认为自然主义描写的是真实，能把个别和一般统一起来，这就是“既能表现全体人生的真的普遍性，又能表现各个人生的真的特殊性。”茅盾强调要学习自然主义纯客观态度的目的，究其实质而言，还是要表现人生，服务人生。换句话说，茅盾强调实地考察和照实描写，目的就是真实地反映现实，教育人们去认识现实，并起来做变革现实的斗争 。

与我国此类研究相比，俄罗斯对茅盾最初为人生的文艺观的研究角度是较为全面的，但研究深度则还停留在表面上，例如对茅盾为人生艺术观的实质并未予以挖掘，虽然指出了茅盾接受自然主义的不妥之处，但却未从源头上分析茅盾接受自然主义的始末和可取之处，只知其一不知其二。

二、“为无产阶级”的文艺观 ——《论无产阶级艺术》(«О пролетарском искусстве»)

关于1925年到1930年间茅盾的文艺评论工作，索罗金如实写道：“虽然报纸（《民国日报》—— 笔者注）编辑占据了茅盾大量的时间和精力，但是他并没有停止文学评论工作。他发表了一系列关于文学理论和历史问题的文章 …… 同时他也出版了一些关于中国历史文学的专著。他在文艺

① 北京师范大学附中编:《中学语文知识手册》，黑龙江教育出版社1998年版，第119页。

思想上有了显著的进步。”[①] 研究者们普遍认为这一时期最能代表茅盾文学评论思想核心的文章就是1925年5月间写的《论无产阶级艺术》。

在《论无产阶级艺术》中茅盾明确表示，这篇文章是以苏联对外文化协会学报上的资料为基础的。索罗金指出这是第一篇用中文书写的表现马克思列宁主义美学重要观点的文章，其中包括艺术的阶级特性，关于党的文学和内容形式上的统一性，等等。同时，索罗金认为：“这篇文章的出现是茅盾认真对待社会环境和艺术功能的开始，是作家美学观点转向马克思列宁主义的开始。但这仅仅是开始，茅盾只有通过革命的磨炼、痛苦的思考和摸索才能真正到达先进革命艺术的道路。”[②] 利希查在文章中也对这篇文章给予很高的评价：“《论无产阶级艺术》的论文标志着茅盾的文艺思想达到了一个新的发展阶段。他开始运用马克思主义阶级论的观点，对文学艺术的本质和当时无产阶级艺术的内容、形式和范围，以及文学遗产的继承问题，做出了相当全面的论述。”[③] 茅盾没有停留在大革命失败的阴影中，而是积极地寻求先进的文学理论丰富自己，利希查看到了茅盾的进步。但同时他也指明了茅盾在分析俄国十月革命胜利后无产阶级艺术缺点时不尽妥当，但基本论点今天看来还是可取的。

俄罗斯学者们意识到了1925年之后的茅盾文艺思想开始发生了重大的转变和进步。随着中国革命的深入和文学革命运动的进一步发展，茅盾逐渐摆脱了五四运动初期所受的资产阶级文艺思想的影响，开始接受马克思主义思想，并且力图运用它来解决革命文艺运动中的一些重大问题。这一转变，不仅标志了茅盾早期文艺思想的重要发展。同时也指明了这一转变是需要巩固

---

① Сорокин В. Творческий путь Мао Дуня. М., 1962. Издательство восточной литературы, с.50.

② Сорокин В. Творческий путь Мао Дуня. М., 1962. Издательство восточной литературы, с.51.

③ Лисица. Б. Я. Творческий путь Мао Дуня. Писатели стран народной демократии сб.статей. вып.3., М., 1959, с.32

的基础和经受实践斗争的，这也为茅盾后期文艺思想的再变化——到大革命失败后他回到小资产阶级民主主义的立场——找到了原因。

研究者们对茅盾新文学时期从“为人生”到为“无产阶级”文艺思想的考察，不仅体现了茅盾的文艺思想动态变化，同时也在一定程度上呈现了我国现代文学中的文学运动和作家创作的发展。

三、茅盾对文艺批评的贡献

通过具体文章的分析，我们除了可以大体捋顺俄罗斯学者们对茅盾个别文艺观点的评判，同时也可从细节中体味他们对茅盾作为批评家在我国现当代文学史上的贡献是毋庸置疑的。综合来看，俄罗斯学者们几乎都对茅盾文学批评的两个方面进行了肯定：（一）茅盾对鲁迅进行了研究并做出了比较符合客观实际的肯定性评价；（二）茅盾是中国现代文艺批评的领军者和实践者。

（一）茅盾对鲁迅进行了研究并做出了比较符合客观实际的肯定的评价

鲁迅是一位享誉国际的伟人，他在中国现代文学中的成就和地位是不容忽视的，因而对他的考察无疑也是俄罗斯汉学的重点。作为最早认识和肯定鲁迅伟大成就的批评家，茅盾在这方面的贡献被俄罗斯学者们所重视。

茅盾与鲁迅结识很早，鲁迅对茅盾的影响是正面的，与此同时，茅盾也在一些评论文章中对鲁迅有很高的评价，索罗金非常看重这些文章的研究价值。“1921年8月茅盾在《评四五六月的创作》一文中评论了鲁迅刚刚发表不久的作品《故乡》，在文章中茅盾指出《故乡》的主要思想是由于阶级观念，人与人之间存在着不理解和隔膜，这是迄今为止我们见到的评论鲁迅《故乡》最早的文章。”[①]“茅盾称鲁迅的《阿Q正传》是杰作，当时这部作品仅仅发表前四章”[②]，“1923年10月茅盾发文《读〈呐喊〉》，在文章中茅盾把鲁迅小说和五四运动联系在一起，认为这篇文章具有革命的创新精神，是‘新形式’，内容上体现了五四文学革命反对中国传统封建思想的时代精神，要知道当时中国文坛对鲁迅《呐喊》的态度褒贬不一”[③]“中国20年代末期茅盾在《鲁迅论》和《读〈倪焕之〉》中有力驳斥了出现在文坛中否定鲁迅的声音，对当时的鲁迅来说茅盾无疑是最大的支持者”[④]。虽然研究者们仿佛只是将这看成茅盾评论的冰山一角一笔带过，而且也未在自己的评论中大肆赞扬茅盾，但我们却认为：他们对茅盾、对鲁迅的态度都是正面的，茅盾对鲁迅做出了比较符合客观实际的肯定的评价，而且也肯定了茅盾这部分批评工作的必要性，这一点已为俄罗斯学者所充分认知。

（二）茅盾是中国现代文艺批评的领军者和实践者

索罗金、乌利茨卡娅、利希查等多位研究者重视茅盾对中国现代文艺批评的贡献，认为他不仅使中国的文艺批评成为可能，而且用实践进行着这项工作。

《小说月报》这本刊物创刊于清朝，上面都是旧诗词和文言小说。但正如俄罗斯学者们所说，是在茅盾的改革下，它成为一个包含文学批评与评论、杂感、读后感、读者来信等各种形式的杂志。五四运动前的中国封

① Сорокин В. Творческий путь Мао Дуня. М., 1962. Издательство восточной литературы, c.23.

② Лисица. Б. Я. Творческий путь Мао Дуня. Писатели стран народной демократии сб.статей. вып.3., М., 1959, c.20

③ Сорокин В. Творческий путь Мао Дуня. М., 1962. Издательство восточной литературы, c.28.

④ Лисица. Б. Я. Творческий путь Мао Дуня. Писатели стран народной демократии сб.статей. вып.3., М., 1959, c.25

建文学中，几乎没有小说批评，也没有关于小说批评的理论，文人们也很少对文言小说进行分析。在五四运动以后，中国的小说批评开始于《小说月报》。索罗金认为是茅盾使小说批评成为可能，他在一定程度上开创了中国的文艺批评。索罗金如是认为，“当时的中国的文学批评是在‘五四’时期思想文化改革的大背景下，猛烈抨击旧文学，主张新文学。同时茅盾主张和大力号召先进知识分子和作家学习西方现代的文学观点并应用到批评当中，注重从作品的内容和形式方面分析作品。”①

不仅如此，索罗金特别提及了茅盾在对《小说月报》改革的过程中，非常注重读者的意见，因而特别开设了创作讨论栏目和创作批评栏目，积极调动作家和读者的积极性，这无疑促进了中国当时文学批评的发展。除此之外，茅盾当时自己也写了大量的文学批评文章，在实践中显示了五四运动时期中国现代文艺批评的水平，并对当时产生了很大的影响。对此，俄罗斯学者也进行了评论。例如利希查认为茅盾在《春季创作漫评》一文中最早综述了当时小说创作倾向，宏观提及了当时多篇小说作品。在研究者们眼中，茅盾是中国文学批评新形式的开创者和实践者之一，他的历史贡献是不容忽视的。

俄罗斯学者们将目光聚焦于新文学时期茅盾的文学思想和主张，对茅盾新文学时期从“为人生”到为“无产阶级”文艺思想的考察，体现出了茅盾的文艺思想动态变化，并看重他早期对中国文学批评所做出的贡献，他们的观点大体上符合茅盾的文学现实，同时他们对其文学理论思想的考察也在一定程度上促进了俄罗斯学界更为全面地认识茅盾。

① Сорокин В. Творческий путь Мао Дуня. М., 1962. Издательство восточной литературы, с.11.

第四节　茅盾短篇小说在俄罗斯的研究

俄罗斯学界对茅盾短篇小说的系统研究始于20世纪50—60年代。这些创作于1932—1937年的作品，展现了作家在艺术形式上的大胆创新：茅盾不仅塑造了一系列鲜明的艺术形象，其中更不乏具有典型意义的文学人物；在艺术风格上，他突破传统窠臼，呈现出多元化的创作风貌。当然，这些作品也存在若干艺术缺憾，如部分篇章心理描写稍嫌烦冗，某些作品结构剪裁未尽精当。但总体而言，茅盾短篇小说以其卓越的艺术成就和深刻的社会价值，赢得了汉学界的高度评价。

在《茅盾小说集》的序言中，乌利茨卡娅认为茅盾在他的短篇小说中鲜明生动并令人信服地描写出中国的现实，并塑造了中国社会各阶层的典型代表人物、解释了他们的性格和思想。与此同时，巴甫洛夫在《红星》上发表书评《伟大中国人民的声音》，彼得罗夫在《真理报》上发表《生活的真实》都接受了茅盾的短篇小说作品。在大量的作品中对《林家铺子》和农村三部曲的研究最为广泛。《林家铺子》完成于1932年，描述了一·二八抗战前后上海附近的一小市镇上的林家小店受到压迫，一直垂死挣扎但最后仍难逃倒闭命运的故事。苏联著名作家卡达耶夫指出："《林家铺子》这篇小说以纯粹的巴尔扎克般的技巧描绘出以林家伟为代表的阶级的破产和灭亡的图画。"利希查将此短篇小说称为茅盾最优秀的创作之一，肯定其作品中协调的结构、动态的紧张性、对细节的把握和语言的准确性；乌利茨卡娅则关注到作者通篇所表现出的对平民百姓、对穷人的同情和怜悯；索罗金感受到的是作者叙述语言上的从容，"不带一个感叹号"，叙述的图景符合事件发展的逻辑规律。读者跟随作者的思维在感受，或悲伤或愤怒。农村三部曲包括《春蚕》《秋收》和《残冬》，各篇既各自独立又相互联系，作品生动地反映了20世纪30年代初期半殖民地半封建社会下中国农村从破产到觉醒的过程。索罗金认为在农村三部曲中茅盾展现出了新的艺术潜能，作家的风格越发动态，描写也更为饱满，集中的且为数不多的对话与发展中的事件相一致并创造出了强大的内部紧张度。同时俄罗斯汉学家也注意到在三部曲中出现的农民方言，认为这是刻画人物必不可少的一部分。利希查详细介绍了老通宝、多多头等人物形象，肯定其在人物塑造方面的创造性，指出茅盾在这篇小说中是以成熟的现实主义小说能手、人民典型形象的塑造者出现的。整体来说，俄罗斯研究者对作家短篇小说的研究已经达到了一定的深度。进入20世纪70年代以后，虽然茅盾作品的译作只有两部出版——1972年索罗金选编的《腐蚀·短篇小说》和1990年的《茅盾精选集》，但其中都不乏短篇小说的影子，足以看出研究者们对作家短篇小说的重视。索罗金在《腐蚀·短篇小说》的序言中集中呈现了短篇小说研究的整体概括和主要研究成果。

茅盾在20世纪30年代创作的短篇小说标志着其艺术创作的新阶段，这些作品创作于1932—1933年，在其整体文学创作中具有重要地位。其中，农村三部曲（《春蚕》《秋收》《残冬》）与《林家铺子》尤为俄罗斯汉学家索罗金所重视，相关研究成果颇为丰硕。农村三部曲是继《蚀》之后茅盾的又一重要三部曲，作家以农民生活的自然时序为叙事脉络，深刻反映了社会变迁。在这组作品中，茅盾生动刻画了半殖民地半封建社会下的农村图景和农民命运，既呈现了底层民众的苦难与挣扎，也展现了农民阶级的觉醒与抗争。

首先，索罗金肯定茅盾在创作题材选取上的才华。“作者的笔墨触及中国当时社会生活的各个方面，同时选取了当时中国的典型内容进行创作”[①]。《春蚕》中的主人公是一个养蚕的蚕农老通宝。作家通过老通宝一家走向破产的过程，概括了中国广大农民的共同命运，将中国20世纪30年代初期农村经济贫困和破产的真实图画展现在读者面前。研究者认为作家熟悉蚕农的生活，但选取这一题材更主要的原因是蚕农反映的生活面更为广阔。“蚕农靠养蚕卖丝为生，蚕丝与城市、国际市场乃至国民政府的经济等多个方面都联系紧密，选择蚕农这一典型形象更有利于将20世纪30年代的社会矛盾和各个阶层的社会生活全面展示。”[②] 至于《林家铺子》故事发生地点的选取，索罗金认为茅盾的选择是有原因的。“在上海附近的一个小镇，这个小镇一方面与城市相连，同时又与农村紧密联系。在当时的中国，很多上海市民来到这里逃难。因而，当时中国的整个社会面貌和时代特征都可以异常鲜明地在这个小镇得到体现。同时茅盾选择了冬天过年之前，中国传统的腊月，这是中国人民买年货准备过年，商人收账、结账的时间。这一时间段的选取更有利于作者集中体现农村破产和农民生活困苦、与林老板一样的生意人竞争、债主要账等等各种矛盾。”[③]

继而，索罗金对《春蚕》和《林家铺子》中的情节和人物设置进行了详细叙述。《春蚕》用一个丰收成灾的故事，有力地揭示了当时中国农村经济破产的根本原因 —— 帝国主义侵略和国民党压榨。故事的主人公老通宝一家作为一个典型的农民家庭受到各个阶段研究者的关注。索罗金看到的老通宝和他的儿孙们都是忠厚善良、勤劳持家的农民，他们希望依靠自己的双手平平稳稳地过日子。然而在帝国主义的压榨下，老通宝一家发生了急剧的变化。镇上有了洋纱，且越来越贵，而自己辛苦养出的蚕丝越来越贬值。老通宝感到世界在改变，但却不明白为什么变，他仍把一切希望寄托在春蚕上。在春蚕收获之前，全家人担惊受怕，日夜操劳。春蚕丰

① Сорокин В. Художник и время. 1972 М., Художественная литература с.3.

② Сорокин В. Художник и время. 1972 М., Художественная литература, с.7.

③ Сорокин В. Художник и время. 1972, М., Художественная литература, с.10.

收了，情形却越来越糟，上好的茧子却没人要。老通宝做梦也没想到，因为春蚕丰收之后，不但没有挣钱，他反而赔了钱、负了债……残酷的现实没有使老通宝从惨痛的教训中觉悟过来，他又把希望寄托于秋收。但他的梦想又破灭了。老通宝可以战胜天灾，获得丰收，却不能战胜帝国主义侵略、国民党和地主的剥削，最终他还是破产了。

"农村三部曲不仅揭露了在帝国主义和国民党反动派残酷剥削下农村的悲惨景象，而且表现了农民的觉醒和反抗，为农民指出了斗争的前途。这明显地表现在对老通宝幻想的批判和对多多头反抗道路的肯定。"① 索罗金认为在小说中，作家一方面赞扬了老通宝勤劳淳朴的品质，但同时也批判了他的迷信落后，保守固执和对现实不切实际的想法，"比起老通宝，茅盾更为赞赏老通宝的儿子多多头。多多头是一个觉醒了的青年农民，他继承了父亲的勤劳和淳朴，扬弃了父亲的迷信和落后。他对现实有着比较清醒的认识，他知道单靠勤俭劳作在当时是不可能过上幸福生活的。对于父亲老通宝的封建迷信，多多头也不相信。他同情荷花。在《秋收》里，他领导几个村子的农民'吃大户''抢米囤'，和反动势力进行斗争。最后，在《残冬》里他和其他农民一起抢来了地主的武器，走上了武装反抗的道路。"② 索罗金把握了茅盾《春蚕》中的两大脉络人物，并从根本上理解了作者的写作意图。

《林家铺子》是茅盾重要的短篇小说之一，它与《春蚕》齐名，在《林家铺子》中茅盾向我们讲述了一个市镇商人 —— 林老板的悲剧。小说以当时中国上海附近的小镇为背景，通过描写林家铺子的苦命挣扎和最终倒闭，反映了国民党统治下中国商业的萧条和市镇商人没有出路的必然结果。帝国主义的侵略、国民党的压迫以及城市和农村经济的破产都是造成林家铺子倒闭的原因。索罗金认为在《林家铺子》中作者用精湛的写作手

① Сорокин В. Художник и время. 1972, М., Художественная литература, с.8.

② Сорокин В. Художник и время. 1972 М., Художественная литература, с.8.

法表现了林老板铺子的倒闭过程并揭示了倒闭的原因——国民党当局对林老板的敲诈勒索，农民生活困苦没有购买力，等等。善于经营的林老板，在商业萧条生意惨淡的情况下，有办法招徕顾客，生意比同行要好，尽管如此，林家铺子仍不免于倒闭。茅盾写了林家铺子就是在这种状况下受不了一重又一重的打击才倒闭的。而对于茅盾重点突出的原因，研究者认为虽然小说描写了当时社会上的各种矛盾，但却是有所侧重。“作家并没有对林老板剥削贫苦百姓进行细致描写，而是揭示出林家铺子倒闭的最主要最直接的原因是帝国主义的侵略和国民党反动派的压迫。”①

除此之外，索罗金还体会到了茅盾在写作这两部短篇小说《春蚕》和《林家铺子》时的积极心态。“描绘了二十世纪三十年代初期从市镇到农村的一幅广阔的生活画面，在作品中已经完全没有写《蚀》时的苦闷和沮丧，他是积极的。在《春蚕》中他虽然描写了以老通宝为代表的农民的破产，但同时他也写了新农民多多头们的反抗斗争。在《林家铺子》中茅盾写商人的悲剧，也给他们暗示出路。”②

值得一提的是，索罗金对茅盾短篇小说的评价是正面的，这与国内的研究不尽相同。国内研究者对茅盾短篇小说一直赞赏有加，但却不包括1966—1978年的研究。在这十多年中中国经历了违背历史规律的大浩劫。当时的中国现代文学中仅仅剩下鲁迅一人，其他作家都被列入反面角色，其中也包括茅盾。从20世纪60年代开始全国掀起了批判茅盾作品改编的电影《林家铺子》的风波，而后涉及其他作品。仅在1965年的5月至9月，针对茅盾的批判文章就高达140多篇，批判文字在今天看来都是相当可笑的，但却给国内的茅盾研究造成了极大困扰，并一度出现停滞局面。

在相关研究中，索罗金使用了大量的笔墨对农村三部曲和《林家铺

① Сорокин В. Художник и время. 1972 М., Художественная литература, с.11.

② Сорокин В. Художник и время. 1972 М., Художественная литература, с.12.

子》的历史背景和叙事内容进行了详细介绍，但对作家的创作手法也有少量分析，笔者总结起来，可分为以下方面。

1. 表现时代特征

索罗金对茅盾作品时代特征的阐释主要聚焦于两个维度：其一是对社会矛盾的深刻揭示，其二是对人物群像的精心塑造。他指出："茅盾的长篇小说是时代的史诗，其短篇小说也不例外。作家能够在作品中反映广阔的社会生活和阶级斗争，描绘各个阶层的多样人物，表现时代的特征。"① 在分析农村三部曲时，索罗金特别强调了茅盾创作的生活基础："他的描写触及当时社会的各阶层，写出了各个阶级的生活，描写出各个阶级多种多样的人物。因为作者有广博的生活经验，他的作品具有很强的现实性，能概括出某一时代的中国的基本特征。"② 这种评价准确地把握了茅盾现实主义的创作特质。作家始终将现实生活作为艺术表现的源泉，从纷繁复杂的社会现象中提炼典型素材，多维度地展现时代风貌。其创作谱系中，既有如农村三部曲这样展现农民疾苦的乡土叙事，也有像《林家铺子》这类描写小资产阶级困境的城市题材，共同构成了反映20世纪中国社会变迁的文学画卷。

同时，索罗金认为时代特征还表现在短篇小说人物的精神层面上。茅盾在《春蚕》中描述了两类农民，一类是"老通宝代表了当时中国社会中农民的大多数，他们善良淳朴，但同时也对生活有种种无奈，正是当时社会的映照"，另一类是"以多多头为代表的农民，他们不同于自己的父辈，他们不向困难和压迫低头，而是选择反抗，这是革命浪潮将要席卷社会的前兆"。索罗金眼中，不管是老通宝还是多多头都是时代变化的产物，他们的思想感情、性格特征都刻有时代的烙印，有着强烈的时代感。研究者眼中茅盾的短篇小说和长篇小说一样，非常突出地表现出鲜明的时代精神

① Сорокин В. Художник и время. 1972 М., Художественная литература, с.3.

② Сорокин В. Художник и время. 1972 М., Художественная литература, с.7.

和时代气息。作家将20世纪30年代的农民和小商人的生活艺术化，成为具有时代特征的艺术作品。

2.作品中的场景描写

“茅盾不愧是小说创作的能手。他可以在同一场景中同时开展多个人物和事件的描写，同时展现多种矛盾的冲突，这使他的短篇小说情节异常紧凑，为大规模地反映生活提供有利的条件。短篇小说虽然篇幅短小，但茅盾的短篇却是有着丰富的内容和众多的人物。”为此，索罗金选取了《春蚕》中洗刷蚕具的场景进行说明，“《春蚕》中有一个洗刷蚕具的场景。作者通过对当时欢乐氛围的生动描绘，表现了劳动人民虽然生活困苦，但还保持着乐观精神，同时也表达出他们有决心为改变自己贫困悲惨的命运而斗争”①。不得不说，索罗金对这一场景选取分析是非常明智的，因为在这个场景中我们看到了这部短篇小说中的所有人物——老通宝、多多头、四大娘、荷花、六宝等等，他们彼此关联，且都独具特色，茅盾在他们身上展示了每一个人的个性特征，并以此来复刻社会原貌和时代全景。

3.象征手法的运用

象征手法有助于增强作品暗示辐射的广阔性，索罗金认为茅盾在作品中使用了象征手法来扩大自己作品的深广度。索罗金举例说明：“作品中出现了‘小火轮’，象征着帝国主义，它威胁着‘赤膊船’和‘稻田’，茅盾此处的‘小火轮’象征着帝国主义代表的资本主义经济对中国当时农村自然经济的猛烈冲击，暗示了当时帝国主义大规模对中国的经济侵略最终造成了中国农村和农民的破产，这正是老通宝等农民困难生活的主要根源。”② 茅盾运用象征手法，通过作品中鲜明的艺术形象，丰富了小说的社会内涵。正如研究者所言，《春蚕》中作家借助象征手法，将时代背景融入日常事物中，在平凡中丰富小说的内涵。

---

① Сорокин В. Художник и время. 1972 М., Художественная литература, с.6.

② Сорокин В. Художник и время. 1972 М., Художественная литература, с.7.

4.心理描写

精细深刻的心理描写是茅盾短篇小说的特点。“《春蚕》开头对老通宝心理活动的描写，展示了整个半殖民地半封建社会的特征。语言清新优美、细腻，富有色彩。”① 研究者并没有分析茅盾短篇小说心理描写精细的源头，笔者认为这得益于茅盾长篇小说的创作技巧。早期的茅盾十分熟悉小资产阶级知识分子的生活，思想感情，描写人物内心活动时，把事件、性格、心理三者紧密结合起来，准确地描写人物特定环境下的内心世界，因此，人物形象充实而丰满，茅盾的短篇小说创作就继承了早期心理描写的细致深刻。

5.短篇片段性特征

《林家铺子》的开头是极具特色的。索罗金指出在小说开头，作者并没有细致描写当时的时代背景，没有直接描写帝国主义如何入侵中国并激起中国全面的抗日救国运动，而是另辟蹊径，从社会全面抵制洋货和国民党政府借此向林家铺子勒索开始叙述，这既能直接地从侧面展现典型环境，表现主人公林老板及其他出场人物的性格轮廓，又能迅速引出主要矛盾、性质和发展趋向。作品一开篇就进入主题，揭示矛盾，作家从侧面展现典型环境并初步刻画典型环境中的人物的性格。诚然，作家就是用这种犀利的手法剖示出一幅令人惊心动魄的历史图画，即中国人民群众为维护民族尊严而抵制日货，国民党老爷们却丧尽天良，趁机发财。茅盾的短篇小说大都是开篇便围绕着主题着手，较少作冗长叙述，但是在结尾的处理上却恰恰相反，索罗金说：“茅盾十分相信读者的想象力。并不将自己的全部所想所思都直白地表现出来，他留给读者大量想象的余地，避免了篇幅过长或会使读者厌烦的可能性，同时增强了作品的艺术感染力。”② 他进一步分析了短篇小说《林家铺子》的结尾：描绘林老板出走后，反动当局

① Сорокин В. Художник и время. 1972 М., Художественная литература, с.7.

② Сорокин В. Художник и время. 1972 М., Художественная литература, с.10.

只准大钱庄封店收账，不许小债主讨账，因而酿成一群小债主到国民党政府请愿以及国民党政府官员凶残的面目，残酷命令军警镇压群众的混乱局面。在研究者眼中茅盾此处的结尾并不仓促，作家的处理既使情节由发展而趋高潮，又彰显了社会的本质矛盾，深化了主题，使读者领悟到中国国民政府的腐败和必然走向灭亡的命运，等等。这一戛然而止，是扣人心弦的，紧扣小说，读者会想象出更多更深远的东西。

汉学界对茅盾文学创作的评判呈现出明显的体裁差异性。尽管研究者对其长篇小说存在诸多争议，但对其20世纪30年代的短篇小说却达成了难得的共识性赞誉。这种评价差异折射出文学批评界对茅盾创作特质的深入认识。

第五节　聚焦学术问题的阐释

一、利希查论“茅盾笔下的女性形象”

人物的塑造是茅盾作品的核心，他塑造了小资产阶级、时代女性、农民阶级和大资本家等各式各样的人物群体，这在我们之前的章节也有所涉及。鲁德曼是俄汉学界首位对茅盾塑造的千姿百态的人物形象进行剖析的研究者，而利希查则最为细致地分析了作家笔下生动的各式各样的人物，并认为茅盾笔下的人物形象身上有着鲜明的时代性格，同时时代赋予他们悲惨的命运。到了茅盾研究的第三阶段，利希查在研究基础上，更深入分析了女性形象。

在«Женские образы в творчестве Мао Дуня»一文中，利希查开篇指明茅盾是1919年五四运动中妇女解放问题的表达者，是妇女评论研究的组织者之一，并首先列举了茅盾一系列与妇女解放有关的文章，之后从创作入手，体察作品中的各位女性形象。“茅盾的第一位女主人公是《幻灭》中的静。早期的茅盾创作有两个主题：号召知识分子投身革命和使女性熟悉社会活动。《幻灭》在内容和艺术表现上的创新之处是深刻的内心刻画。”① 并认为这种刻画来自屠格涅夫对他的影响。在研究者的这一结论上我们认为是有待商榷的，因为利希查如此论断的理由仅仅是茅盾在早期多次宣传屠格涅夫。很明显，两位作家笔下的女性形象是不同的。屠格涅夫笔下人物是时代中的特例，而茅盾笔下的人物则是中国现实的产物，是中国社会中的典型。茅盾通过接下来的两部作品《动摇》和《追求》弥补了《幻灭》中的不足，并完善了自己心理描写的能力。除此之外，方太太、孙舞阳等女性在很大程度上发展和丰富了《幻灭》中的女性特征。三部曲《蚀》中女性的多样性都处于一个条件之下，即她们均代表着现在的或过去的人物，没有人超出自己的时代，没有人是未来的预言者。作家向我们展示的不是应该怎样，而是现在是怎样，作家通过女主人公的命运展现了本时代的特征。

除了三部曲，利希查同时又指出，茅盾在短篇小说中揭示女性的内心世界。“这些小说包括《自杀》《诗与散文》《一个女性》和《创造》等等，茅盾有意识地选择女性主人公，并选择在性格形成的年龄，在这个年龄段上，性情的改变是非常强烈的”②。在《一个女性》中，茅盾通过描写现实和心理手法的交融将年轻女性琼华在半封建的中国中的悲剧展现得淋漓尽致，利希查认为这篇小说在思想性和艺术性上和莫泊桑的《人生》有

① Лисица Б.Я. Женские образы в творчестве Мао Дуня. Теоретические проблемы изучении литератур дальнего востока. Издательство наука главная редакция восточной литературым.,1974, с. 36.

② Лисица Б.Я. Женские образы в творчестве Мао Дуня. Теоретические проблемы изучении литератур дальнего востока. Издательство наука главная редакция восточной литературым.,1974, с. 36.

相似之处。而针对茅盾早期作品中所揭示的问题，研究者认为是与挪威戏剧家、诗人易卜生相似的，即对小市民、小资产阶级知识分子的批判和提倡妇女的解放等。“作家在《创造》中批判了一个自私自利、妄图把自己的妻子塑造成他想要的模样的小市民，但同时也给出了我们完美的结局：妻子在开化之后离开了丈夫，实现了解放。”① 在谈及长篇小说《虹》的创作时，利希查指明茅盾继续选择了展现社会矛盾，将一位年轻女性的命运作为叙述的中心，并认为作家的选择并不是偶然的，而是因为“作家重视女性在社会中的地位：女性在社会中的作用很大程度上能够体现社会是否成熟、各个阶层的生活是否公正”。利希查看到的主人公梅是一位行动者，她不同于三部曲中以内心活动占主体的静，梅完成了其他女性人物准备和能做的事情，她能够摆脱过去的束缚，勇于为自己的未来奋斗。心理描写大师茅盾展示的梅的形象是复杂的：她有时代赋予的最初的内心挣扎和动摇，同时也具有与家庭传统观点和社会道德伦理的争辩的勇气。除此之外，利希查还指出了茅盾在艺术手法上的进步和突破：结构变得紧密坚实，情节更为动态，心理分析没有与女主人公的个人命运隔绝开来。虽然研究者的论述略显零散，但我们可以得出一个主要结论，即茅盾在创作中乐于选择女性形象展现时代特征，同时他善于用心理描写刻画女性形象。对此，中国学者陆文采、王建中所著的《时代女性论稿》是我国茅盾作品中女性形象研究的扛鼎之作。彭安定在该书的序言中指出：“以‘女性视角’为‘全方位’的剖析和诠释范型，总体地、综合地而又分别地、具体地来揭示茅盾的艺术世界和人物画廊，这大概是第一部专论。”② 作者把从《蚀》到《锻炼》还有剧本《清明前后》的时代女性全部纳入审视范围，

---

① Лисица Б.Я. Женские образы в творчестве Мао Дуня. Теоретические проблемы изучении литератур дальнего востока. Издательство наука главная редакция восточной литературым.,1974, с. 37.

② 陆文采、王建中：《时代女性论稿》，沈阳出版社1993年版，第3页。

将其细化为四种类型。除此之外，作者还将茅盾笔下的女性形象与其他作家笔下的女性形象进行对比分析，突出其人格魅力。很明显，这本研究专著较之于利希查更为深刻，但同时我们也要意识到：利希查已经注意到了这些女性人物的时代特征，并将茅盾的创作放置在发展变化的态势之下，这是值得肯定的。对于茅盾塑造女性最常见的心理描写，利希查也研究颇深。我们可以说这位研究者抓住了这个问题的核心部分。

二、戈列洛夫论“茅盾小说中的自然描写”

自然描写一直在茅盾作品中占有一席之地。索罗金和乌利兹卡亚都曾赞赏《虹》中的环境描写，利希查则非常细致地以《子夜》第七章中自然环境描写为例，指出了自然景色在《子夜》中的重要地位和对人物心理刻画的积极作用。1972年戈列洛夫发表题为《茅盾小说〈子夜〉中对自然描写的几点观察》的文章，这是茅盾研究中对自然环境作用的系统研究。

茅盾是公认的风景描写大师，在小说《子夜》中除了人物肖像和室内布局外他十分注重自然描写。戈列洛夫从小说中的多处灵动的自然图景入手，明确分析了作家的创作方式和创作的语言特色。

戈列洛夫指明了《子夜》中环境描写的基本功能：小说《子夜》中的自然描写通常并不直接影响情节的发展，它只是作者进行创作的补充手段，一方面生动展现人物生活及内心世界，另一方面作为整部小说的另一条线索，贯穿于作品当中，对作品的结构起到了辅助作用。除此之外，研究者还从自然图画的动态性、注重细节描写的艺术和富于表现力的语言等方面挖掘了自然环境描写在作品中的艺术含义。

首先，戈列洛夫对文本进行了细致的分析，举例说明了《子夜》中自然图画的动态性：“小说中没有静态的自然图画，茅盾的自然描写常常伴随着人物的出现，自然环境与动态的人物活动融为一体。自然图景常常与主人公的个性有关，自然描写的感情基调经常与人物的感受相协调。”① 即使没有人物出现，如整篇中唯一的例外——第七章开始的自然描写片段，研究者指出，自然图画中也会出现大幅度具有动态性的自然现象，它们与事态发展相关，并与之协调一致。除此之外，戈列洛夫指出茅盾《子夜》中的自然现象常常是作为情绪铺垫而出现的，并以第十三章中的暴风雨描写为例进行说明：“此处的暴风雨描写极大地渲染了紧张情绪，表现了工厂内部的暗涌。暴风雨的描写片段的出现会使读者不自觉地产生一种压迫感，为后续事态的发展进行了情感准备”②。

其次，戈列洛夫认为茅盾善于从微小事物入手，充分发挥细节的艺术表现力。而对于茅盾对细节的关注，研究者则认为这是对俄国作家契诃夫所提倡的“微小部分重要性”的回应。这种细节的艺术表现力应用于自然环境描写，不仅仅是对自然现象特征的逻辑性描述和艺术性展现，还体现在文中常见的短小环境描写片段，或者是天气状况的一段注释，“茅盾作品中的环境描写呈现出高度的简洁性和紧凑性，它们分散于小说的各个部分，与波荡起伏的情节相得益彰。”③ 对于小说中未出现的空间环境描写，戈列洛夫指出这受制于茅盾的写作水平。

最后，戈列洛夫分析了《子夜》中环境描写语言的特点。其一，研究者认为小说中的自然环境描写很少包含作家的观点与评价。茅盾尽量不表达自己对所描写事物的态度，即使描述中有所包含也是极为简练的。其

① Горелов В. И. Некоторые наблюдения над описаниями природы в романе Мао Дуня «перед рассветом, литература и культура Китая(сборник статей к 90–летию со дня рождения академика Василия Михайловича Алексеева), с.331

② Горелов В. И. Некоторые наблюдения над описаниями природы в романе Мао Дуня «перед рассветом, литература и культура Китая(сборник статей к 90–летию со дня рождения академика Василия Михайловича Алексеева), с.331.

③ Горелов В. И. Некоторые наблюдения над описаниями природы в романе Мао Дуня «перед рассветом, литература и культура Китая(сборник статей к 90–летию со дня рождения академика Василия Михайловича Алексеева), с. 332.

二，富于表现力的描写语言的使用。在描写生动的环境时，戈列洛夫发现茅盾往往选用较有影响力和表现力的言语方式调动读者的情绪。在环境描写的表达中经常出现修饰语和艺术上的对比。“在这里，茅盾并不是将外部世界的现象与人物的内心直接关联，而是通过‘像’和‘似的’等词语来增强语句的形象性。”① 与此同时，戈列洛夫认为《子夜》环境描写的特点和作家创作的成功之处又在于整部小说中的环境描写是光、色与音的交织。大量色彩与音响词语的广泛应用使自然现象生动多样、变幻无穷。除此之外，戈列洛夫也关注到小说行文中多次出现的叠词现象，“这些词语看起来是不需要的，可却是增强情感表达的有力手段。特别是汉语中所特有的形容词和副词的重复极大地增强了语言的情绪感染力，并使整个文本更有韵律性”②。其三，修辞手法的应用。研究者指出了茅盾经常使用的两种修辞手法 —— 暗喻和拟人。“暗喻和拟人多次在文中出现，茅盾用它们来刻画自然现象的特征。这两种修辞手法的运用使读者眼中的自然生动起来，不再是平面的展现。”③

中国学者庄钟庆的《茅盾的创作历程》同样也关注了《子夜》中的自然环境描写部分。中俄两国学者都认为小说中的自然现象如暴风雨、闪电等的描写与作品的思想内容紧密结合，极大地加深了事态发展的氛围。但庄钟庆还特别提及了茅盾的自然环境描写手法在一定程度上继承了中国古典文学的传统。

---

① Горелов В. И. Некоторые наблюдения над описаниями природы в романе Мао Дуня «перед рассветом, литература и культура Китая(сборник статей к 90–летию со дня рождения академика Василия Михайловича Алексеева), с. 332.

② Горелов В. И. Некоторые наблюдения над описаниями природы в романе Мао Дуня «перед рассветом, литература и культура Китая(сборник статей к 90–летию со дня рождения академика Василия Михайловича Алексеева), с. 335.

③ Горелов В. И. Некоторые наблюдения над описаниями природы в романе Мао Дуня «перед рассветом, литература и культура Китая(сборник статей к 90–летию со дня рождения академика Василия Михайловича Алексеева), с.335.

第六节　弗·鲁德曼论茅盾

20世纪30—40年代，为了满足中苏文化交流的需要，苏联各大高校和研究所培养了一大批中国研究专家，他们或单纯地来中国进行语言进修，或作为苏联和共产国际派驻中国的翻译和顾问直接参与中国革命。这一代学者以自己的亲身经历加深了对中国的认识，并撰写和发表了一系列有价值的著作，从而推动了苏联时期中国文学研究的发展。弗·鲁德曼就是其中的一位。

遗憾的是，我们没有找到关于这位苏联重要研究者的详细介绍。根据现有的资料，我们仅知道：他是苏联早期研究中国文学的重要学者，他追踪我国当时的文学创作，对包括茅盾、老舍在内的多位中国现当代文学作家都有所关注，既从事文艺研究也进行文学翻译，除此之外，他还重视俄罗斯文学在中国的认可程度，著有《普希金在中国》。在当时的苏联研究者中，像弗·鲁德曼这样关注中国现当代文学的研究者可谓寥若晨星，因为老一辈俄罗斯学者都专注于研究我国历史悠久的古典文学。回顾这位研究者20世纪30—40年代的研究，茅盾无疑是他最为关注的作家，著有《中国革命作家——沈雁冰》和《茅盾的创作道路》。而在俄罗斯学界对茅盾的接受史中，根据现存史料，弗·鲁德曼是最早对茅盾进行深入研究的接受者，他在《中国革命作家——沈雁冰》和《茅盾的创作道路》中对茅盾的生平、成就以及在中国文学史上的地位做了言简意赅的说明，并对他之后的接受者产生了一定影响。

在珍视俄罗斯学者研究成果的同时，我们也不得不指出苏联时期的学者对中国文学研究存在一定的局限性，即注重研究作家与人民、时代的关系，在研究方法上偏重于社会历史分析。这一研究方法是由俄罗斯传统的现实主义历史渊源以及苏联时期社会主义和现实主义的文学追求所决定的。因而这一时期的研究者们往往对作家的宏观背景材料深入挖掘，例如作家所处的时代和社会、他所接受的文学传统、社会生活的特点、同时代人对他的影响，以及他对后代的影响等，这些都被纳入他们的研究视野，面面俱到，论述范围极为宽泛，但与此同时却不免有过于宏观，主线不明朗的问题。弗·鲁德曼对茅盾的分析也存在这样的问题，尽管文章中出现大量关于中国政治局势以及社会变革的叙述，但是我们还是可以从中窥探一二，包含以下方面的具体内容。

一、“中国革命作家——茅盾”

弗·鲁德曼在《茅盾的创作道路》中写道：“茅盾是当代中国文学界公认的左翼巨匠，是中国人民革命斗争的积极参加者。他把自己的整个创作同革命相连起来，把自己的才能的发展，他的作品的思想充实，都归功于革命……他知道幻灭的痛苦，孤独的忧愁，但是生活和革命斗争为他指示了真正的道路；他大胆地沿着这条道路前进，重新估计了自己的价值，用头脑和心来接受了革命，了解到自己在革命前的责任。”[①] 弗·鲁德曼将茅盾与中国的革命紧密结合，在自己早期介绍茅盾的文章中，更是以《中国革命作家》作为标题，可见在这位研究者心中早已将茅盾冠以“革命作家”的头衔。

（一）革命中成长起来的作家

在文章中弗·鲁德曼从还未接触到革命的茅盾写起。“家庭的困苦使这位年轻人放弃了学业，茅盾在亲戚的帮助下，进入了中国著名的‘商务

① 李岫：《茅盾研究在国外》，湖南人民出版社1984年版，第18页。

印书馆’工作。”[①] 弗·鲁德曼认为正是这份工作开拓了茅盾对外国文学的视野。在这里，茅盾广泛涉猎了古今中外的文学名著、文艺理论和文学批评。茅盾接触到了除了中国古典文学以外的新型文学，为接下来他的社会活动做出了准备。

1917 年，俄国十月革命爆发了，这场革命是无产阶级成功推翻资本主义专政获得统治地位的伟大尝试，为世界正在遭受封建主义、资本主义压迫的人民带来了希望的曙光，它对20世纪的世界历史进程产生了深远的影响。弗·鲁德曼指出，当时茅盾在商务印书馆工作，工作的便利让他十分便捷快速地接触新消息，而他又热衷于了解新思想的传播情况 。“茅盾先后作文《学生与社会》和《一九一八年之学生》开始议论时政。文章呼唤学生革新思想，为祖国奋斗。茅盾认为，20 世纪存在着一股文明的大潮流，要顺应潮流就要变革社会，无论是个人还是民族、国家都要顺应历史潮流，这样才能主宰自己的命运。 这两篇文章与《新青年》遥相呼应，深刻批判了封建主义的治学思想，呼吁学生要革新思想，关心社会，以维护新文化。”[②] “通过阅读《新青年》开始注意俄国文学，搜求关于俄国文学的书籍、文章、资料”[③]。弗·鲁德曼看到了俄国革命胜利对茅盾的影响，并指出处在这个阶段的作家开始试图从国外作家的作品中，寻求符合中国国情的富强之路。“社会的动荡让这位年轻人非常不安。自踏入工作岗位到五四运动爆发之前，茅盾已经翻译并介绍了大量的外国文学作家

① Перед рассветом. Роман. Пер. Хо Фу и В. Рудмана. (Предисл. В. Рудмана). Л., Гослитиздат, 1937, с.20.

② Перед рассветом. Роман. Пер. Хо Фу и В. Рудмана. (Предисл. В. Рудмана). Л., Гослитиздат, 1937, с.22.

③ Перед рассветом. Роман. Пер. Хо Фу и В. Рудмана. (Предисл. В. Рудмана). Л., Гослитиздат, 1937, с.24.

和作品，当然也包括俄国文学。他试图在文学中找到答案。”[①] 茅盾在《学生杂志》上发表了《托尔斯泰与今日之俄罗斯》一文，这是他关注俄国文学后写的一篇对俄国社会革命的评论文章。在文中，他说：“今俄之布尔什维克主义，已弥漫于东欧，且将及西欧，世界潮流澎湃动荡。”[②] 弗·鲁德曼从俄国学者的角度高度赞赏这篇文章，并认为这是茅盾从社会环境角度阐述社会对作家的影响，与此同时，也表明茅盾已经开始注意到布尔什维主义的影响。

1919年5月4日影响中国文学整个世纪的运动发生了，它是中国人民掀起的一场具有反帝反封建性质的政治大革命。俄国十月革命的爆发和中国五四运动的发生，犹如两颗威力强大的精神炸弹，在中国的大地上掀起轩然大波，撞击和震撼着每一个中国知识分子的心灵。作为在救国救民道路上孜孜不倦跋涉的一员，茅盾所受到的心灵震撼也是不容小觑的。在这两者的共同影响和作用下，茅盾以极大的热情进行着革命活动，在1924 — 1927年的中国大革命时期，他的公开身份是上海商务印书馆人员，与此同时他作为上海共产主义小组成员随后又成为中国共产党党员，不但担任直属中央的联络员，到当时为培养干部而设立的平民女校、上海大学任教，而且还担任国民党其他职务等，直接从事革命工作。鲁德曼详细叙述了茅盾的活动。

1924 — 1927年大革命失败后，茅盾与党组织失去联系。“茅盾非常欢迎大革命的爆发，茅盾想通过大革命来改变中国的困苦境地，期待着以它开始的美好，但大革命失败之后，茅盾也异常的失望痛苦。他陷入了极度的悲哀和苦恼之中。”[③] 这些事件使他久久不能忘怀，他多次想拿起笔将脑

---

① Рудман В. Писатель китайской революции (МаоДунь — ШэньЯньбин)　— Литер, современник, 1936, №5, с.159.

② 茅盾：《托尔斯泰与今日之俄罗斯》，载《学生杂志》第6卷第4–6号。

③ Перед рассветом. Роман. Пер. Хо Фу и В. Рудмана. (Предисл. В. Рудмана). Л., Гослитиздат, 1937, с.29.

海中的和身边的一切记录下来。 弗·鲁德曼记录了茅盾最早的革命活动，并认为茅盾是在大革命的触动下，拿起笔进行小说创作的，“他在上海、武汉等地一边开展紧张的革命工作，一边就想着文学创作”。

在第二次国内革命战争初期，茅盾虽然在短时间内离开了党组织，但茅盾对中国共产党有着深厚的感情，他在文学战线上自觉按照党的指示进行工作。“1930 年，茅盾加入左联，与鲁迅、瞿秋白交往密切。当左联内部就如何建立文艺界抗日统一战线出现分歧时，茅盾从大局出发，为左联内部团结和整个文艺界团结抗日做出了不懈努力。”① 同时，对于这一时期的创作，弗·鲁德曼是给予高度评价的：“……是茅盾创作的丰收期，这段时期的创作他描写了社会各个阶层，是二十世纪三十年代的中国史。”②

茅盾生于1896年7月4日，卒于1981年3月27日。他生活的时代，正是19世纪末以来我国半殖民地半封建社会，是处于激烈的革命性变革的伟大时代：从辛亥革命、五四运动到中华人民共和国成立以后，其间经历了旧民主主义革命、新民主主义革命和社会主义革命与社会主义建设三个历史时期，社会和国家的种种变革无不深深地影响着茅盾，确切地说正是革命促使茅盾叩响了文学的大门，并在多种思潮的影响下凝聚毕生的心力成长为文学大潮中的巨浪。 弗·鲁德曼写于20世纪30年代的文章深刻剖析了茅盾如何在新文化运动、俄国社会主义革命、五四运动和两次国内革命的影响下不断成长。他以异域研究者的视角叙述茅盾在革命浪潮中的成长过程，指出从走上工作岗位开始，茅盾一直努力地寻求着将自身与革命统一起来的途径，并适时调整自己，自觉地根据各个时期的不同历史任务规划自己的角色，以便符合革命的需求，茅盾是在革命中历练出来的

① Перед рассветом. Роман. Пер. Хо Фу и В. Рудмана. (Предисл. В. Рудмана). Л., Гослитиздат, 1937, с.34.

② Перед рассветом. Роман. Пер. Хо Фу и В. Рудмана. (Предисл. В. Рудмана). Л., Гослитиздат, 1937, с.15.

作家。

（二）文学创作与革命紧密相关

在《茅盾的创作道路》和《中国革命作家——沈雁冰》两篇文章中，弗·鲁德曼将茅盾置于中国的革命大潮中，在行文中将茅盾的革命活动和文学创作并驾齐驱，认为茅盾的革命活动和文学创作是交错进行的，茅盾是从探讨文学开始革命，而与此同时，十月革命和五四运动又促使他更有目的、更深入地钻研文学。我们通过弗·鲁德曼的长篇叙述将他的观点归结为茅盾在走上文学创作道路之后的记录中国革命的写作意识以及革命史诗中的题材选择和复杂人物的塑造。

1.记录中国革命的写作意识

马克思曾这样评价19世纪英国现实主义作家们的作品："向世界揭示的政治和社会真理，比起一些职业政客、政论家和道德家加在一起揭示得还要多。"① 向世界展现社会和政治的全貌，这正是现实主义作家创作价值与意义之所在。茅盾在不断的探索中，经历了自然主义、写实主义等不同阶段，最终选择了现实主义的创作方法。但和其他现实主义作家们也有着明显的差异，例如现实主义作家老舍在一系列作品中用现实主义的创作方法，集中展示的是在帝国主义与封建主义压迫之下人民的困苦生活和中国社会的种种弊病，而茅盾则仿佛站在革命家和历史学家的双重立场，自觉地将中国现代革命的独特性记录下来。正如弗·鲁德曼认为："茅盾的各个时期的作品收集在一起，正是他所处的时代不同阶段革命的记录。"②

弗·鲁德曼列举了茅盾早期的文学批评代表作：《春季创作坛漫评》《评四五六月的创作》《〈创造〉给我的印象》和五卅惨案爆发时期的三篇

① [德]马克思、[德]恩格斯：《马克思恩格斯全集》（第十卷），中共中央马克思、恩格斯、列宁、斯大林著作编译局编译，人民出版社1998年版，第686页。

② Перед рассветом. Роман. Пер. Хо Фу и В. Рудмана. (Предисл. В. Рудмана). Л., Гослитиздат, 1937, с.35.

报告文学《五月卅日下午》《暴风雨》《街角的一幕》，并认为在没有正式进行小说创作之前，这些文学批评文章中体现了茅盾记录革命的主张，并为之后的创作提供了大方向。正如我们上文所言，茅盾最早的且坚持最长时间的身份是文学评论家，文学批评工作一直贯穿于他文学创作生涯的始终。“茅盾在大量的批评文章中表明观点，试图引导文学走上正确的发展道路，为中国现代文学的发展做出了巨大贡献”。①

正如上一部分所介绍的那样，弗·鲁德曼认为茅盾踏入文学殿堂是在革命的驱使下，受到第一次国内革命的影响。“1927 年大革命失败后，9 月初，茅盾开始创作小说《幻灭》”，弗·鲁德曼在文中特别引用了茅盾在《从牯岭到东京》中的一段话：“我是真实地去生活，经历了动乱中国的最复杂的人生的一幕 …… 想要以我的生命力的余烬从别的方面在这迷乱灰色的人生内发一星微光，于是我就开始创作了。”② 经过十个月的创作，茅盾写完了《蚀》三部曲的《动摇》和《追求》，除此之外还写了短篇小说《创造》，从此开始因革命，茅盾正式踏入了文学的大门，在文学领域开辟了新的事业。

弗·鲁德曼将茅盾最终走向创作道路的直接原因归结于中国大革命的失败。“面对大革命的失败，茅盾和每一个中国的知识分子一样备受煎熬，然而，更多的却是对中国革命的道路应该怎样走的问题的探索和思考。他用文学创作来表达自己的焦虑、困惑和愤怒。”③ 如研究者所言正是革命将他从政治领域推向了文学领域。在此问题上，国内的观点是与弗·鲁德曼相一致的。我国无产阶级革命家王若飞在回顾茅盾的创作时也认为茅盾创

---

① Перед рассветом. Роман. Пер. Хо Фу и В. Рудмана. (Предисл. В. Рудмана). Л., Гослитиздат, 1937, с.23.

② Перед рассветом. Роман. Пер. Хо Фу и В. Рудмана. (Предисл. В. Рудмана). Л., Гослитиздат, 1937, с.30.

③ Перед рассветом. Роман. Пер. Хо Фу и В. Рудмана. (Предисл. В. Рудмана). Л., Гослитиздат, 1937, с.29.

作的一个重要特点，即特别重视文学的时代性和社会性，使反映的创作对象与时代社会直接对应，使自己的创作尽可能地成为中国社会革命的一面镜子。

1927年以后，中国不仅爆发了大规模的阶级斗争和内战，而且在文化领域也始终进行着进步与落后、革命与反动、抗争与投降的多种对抗，作为意识形态载体的文学在这种冲突中势必会为自己所代表的特定利益服务，特别是对现实问题做出自己的反应和判断，弗·鲁德曼指出这一时期，茅盾要将文学当作完成中国历史革命任务的一项重要手段，使文学承担起更为广泛的社会责任，因而，他的文学创作观念和创作实践带有更为鲜明的政治倾向性和阶级倾向性。按照弗·鲁德曼的说法，就是茅盾在创作上有记录现代革命的写作意识。中国革命各个阶段的历史发展现实和重大政治事件，几乎都可以在他的小说中得到印证。

作为早期的中国现代文学研究，此时的俄罗斯学者并没有从茅盾创作的文本本身出发，而是更多地将之视为时代的缩影、革命的展现。他在分析各部长篇小说时，都首先提出了作品对当时社会的反映。在分析《动摇》时，鲁德曼引用了茅盾在写作《动摇》时所说的一段话："《动摇》的时代正表现着中国革命史上最严重的一期，革命观念、革命政策之动摇——由'左倾'以至发生左稚病，由救治左稚病以至'右倾'思想的渐抬头，终于为大反动，"[①] 研究者继而客观评价了茅盾的创作：以艺术的形式记录了革命的真实。尽管这几部作品发表后，被批判情绪过于消极，但这却是茅盾对大革命时代社会状况的真实描绘。而对于借助女性形象反映新旧势力斗争与矛盾的长篇小说《虹》，弗·鲁德曼认为这一时期的茅盾已经显露出另一面，虽然这一时期封建统治还未曾从根本上动摇，社会依旧一片黑暗，可是作者克服了自己的悲观情绪，将对生活的希望和热情

① 茅盾：《从牯岭到东京》，见刘勇、张驰编：《茅盾作品新编》，人民文学出版社2010年版，第361页。

投入作品当中，完美展现了以一个年轻女性为代表的反帝反封建斗争。而作家最著名的作品《子夜》，在研究者看来主要表现的是民族资产阶级满怀为中国经济奋斗的决心却最终无能为力的历史，但通过社会扫描，形象地展示了当时中国的社会性质和时代特征。除了这些重大题材的长篇小说外，弗·鲁德曼的观点在一些非重大题材的作品中也有所显露。“收录在《野蔷薇》中的短篇小说，如《创造》《自杀》《一个女性》等多篇作品表面上是写年轻男女的恋爱，但却暗藏着对中国社会问题的透析。”[①] 事实也正是如此，以上作品大部分都是借恋爱来具体表现青年的思想和人生观：《创造》在恋爱的外衣下表现了中国旧思想对妇女解放的压制，《一个女性》描写了女主人公琼华从热爱生命到愤愤不平的变化，揭示了青年女子在社会中受压抑的现状。

弗·鲁德曼对茅盾作品的介绍，无一不关注其社会全景式的描绘，揭示出其紧密把握了社会革命特征和时代脉搏的创作思维。我们也从研究者的视角体味出茅盾的创作实践不仅是以作家的身份进行创作，也以革命家的身份热情地记录着中国革命。叔本华曾说：“文学里有两种历史，一种是政治的，一种是文学和艺术的。前者是意志的历史，后者是睿智的历史。”[②] 因而，文学就是一种社会价值和艺术价值的结合体，而茅盾的作品就恰恰是这种结合的完美体现。他把握了作品创作中的“度”，既没有将社会功利作为创作的唯一标准，同时也没有在追求作品艺术性时舍弃书写革命和时代的重任。在中国现代文学中，茅盾的创作通过书写革命来表现社会问题和社会思想，从而表达自己对社会变革的诉求。作品中提出的都是对于社会现状、前景有重大影响的社会问题和时代主题。因而，茅盾的作品规模宏大、气势恢宏，展现的是中国社会发展的全方位现实主义历

① Перед рассветом. Роман. Пер. Хо Фу и В. Рудмана. (Предисл. В. Рудмана). Л., Гослитиздат, 1937, с.35.

② 周洪宇，但昭彬主编：《中外名家教育美文选（外国卷）》，湖北教育出版社2012年版，第168页。

史，其中也包括革命的历史。

2.创作史诗的宏伟构思

“五四”时期中国现代作家的创作是异彩纷呈的。有语言犀利且意义深刻的鲁迅；有主观感伤、浪漫自我的郁达夫；有情系田园、试图逃脱现实的废名；也有直接展现时代暗流，书写革命历史的茅盾。“茅盾是绘制历史完整画卷、再现中国现代革命史风云变幻的史诗规模的巨匠”[①]，而弗·鲁德曼得出此结论首先源于作家对题材的成功把握。

弗·鲁德曼指出，从《蚀》到《虹》再到《子夜》，茅盾的重要作品几乎都真实地表现着当时剧烈进行着的社会革命运动，而作家仿佛也更热衷于革命题材，他的创作是极度真实的。读者不用去想象就可以知道中国发生着什么，所有革命和社会动荡都在他的作品中实实在在地体现着。茅盾在社会大背景下剖析诸多社会的深刻矛盾，包括民族的、政治的、经济的、意识形态的等。除此之外，在对《虹》的评论中有这样一句：“《虹》原计划要从‘五四’写到1927年大革命，作者想记录下中国近十年新旧势力斗争的场景，但没有完成，仅仅写到‘五卅’，成书虽然只有一部，但确是真实的，我们只是为未完成的部分感到遗憾。”[②]虽然研究者指出了茅盾的创作并没有像作家预想的那样如期完成，但我们更多地体会到的，是他对茅盾的这种写作宏图的称赞，赞赏他试图全方位、完整、历史地剖析中国社会现象的思维，同时认为他是一位具有高度社会责任感和历史使命意识的现实主义作家。

除了对题材的选择，弗·鲁德曼也分别对茅盾塑造的千姿百态的人物形象进行了剖析。研究者在分析《子夜》时指出，所有的人物都处于一个

---

① Перед рассветом. Роман. Пер. Хо Фу и В. Рудмана. (Предисл. В. Рудмана). Л., Гослитиздат, 1937, с.61.

② Перед рассветом. Роман. Пер. Хо Фу и В. Рудмана. (Предисл. В. Рудмана). Л., Гослитиздат, 1937, с.45.

环境之中，他们之间的关系也在一定程度上反映了社会问题。弗·鲁德曼并没有把作品中的人物分开，而是有意识地将这些人物之间的矛盾与斗争纳入考察范围。诚然，在作家的笔下人物有着不同的阶级、不同的职业、不同的性格，涉及商界、政界、军界、知识界、劳动人群与市民等，他们代表了中国当时社会的各个层面，可以呈现中国社会最为全面复杂的斗争。弗·鲁德曼这样评价《子夜》："以其恢宏的结构、全方位、完整地再现了20世纪30年代初中国社会历史的现实面貌，正确把握了历史。"① 对此中国学者也有同样见解。陈舜臣在《茅盾先生的事情》一文中指出："历史学家翦伯赞生前在日本演讲时曾说过，要想了解18世纪的中国，最好读《红楼梦》，它比任何文献都更有价值。而我想说，要想了解20世纪30年代的中国，最好读茅盾的《子夜》。这部小说有许多人物登场，编织了各种各样的故事，像'曼陀罗'一样在我们面前展开了多彩的图画。"② 中俄两国研究者身处不同的社会环境，但对《子夜》的评价不谋而合。两国学者都把握了茅盾创作的本质特征：真实地反映时代。"在《子夜》中，茅盾既通过不同人物展现了不同的社会侧面：吴荪甫反映的是民族资本家的命运，玛金、蔡真等地下党人展现了真实的工人罢工斗争场面，参谋雷鸣则交代了军阀混战的场景。除此之外，农民土地革命战争和工农红军的发展也有所体现。"③ 俄罗斯学者感叹于小说呈现出的宏大规模和磅礴气势，虽未临其境，但却从作品中体会到了当时中国社会的现实情境和中国革命的发展历史。

通过对其研究成果的分析，我们可以看出弗·鲁德曼眼中的茅盾是这

---

① Перед рассветом. Роман. Пер. Хо Фу и В. Рудмана. (Предисл. В. Рудмана). Л., Гослитиздат, 1937, с.61.

② 转引自孙中田、三木直大：《茅盾在日本的影响》，载《语文学习》，1996年第7期，第10页。

③ Перед рассветом. Роман. Пер. Хо Фу и В. Рудмана. (Предисл. В. Рудмана). Л., Гослитиздат, 1937, с.61.

样一位作家：他在各种革命的浪潮中成长起来，同时也是在革命的驱使下走上文学的殿堂。他拥有记录中国革命的写作意识，并在创作中能够用最真实的题材和复杂的人物来表现革命。可以说，茅盾与书写法国社会历史的“书记官”巴尔扎克相似，是概括中国现代革命史的巨匠和记录中国现代革命的第一人。

二、茅盾创作的影响因素

弗·鲁德曼在把茅盾定义为“革命作家”的同时，时刻不忘分析这样一位文学大师是如何成长起来的，也就是影响茅盾创作的主要因素。根据笔者对文章的分析，总结了研究者所提及的具体影响来源，即童年教育、中国古典文学熏陶和俄国作家托尔斯泰。

（一）童年教育的影响

研究者弗·鲁德曼在文章中用大量的篇幅介绍茅盾的童年生活，字里行间无不揭示着父亲、母亲和老师在茅盾成长中不可缺失的作用。一个作家的成长史由不同方面的因素决定，而儿时的生活环境和周围人物的引导，都会在一定程度上影响作家的思想发展、创作风格的形成 。

弗·鲁德曼指出，茅盾的父亲沈永锡非常重视对他和弟弟的教育。“沈雁冰的父亲沈永锡寄希望于用西方的文明改良中国。因此他的藏书是西欧化的，这些书是与传统礼教下的中国文学完全不同的。他喜欢自然科学，接受资产阶级科学、民主的思想，因此对子女也用西方的方式来教育。虽然沈雁冰开始很喜欢跟着父亲学习与传统孔夫子文化相悖的知识，但慢慢地他开始厌烦。”① 但同时弗·鲁德曼指出，童年时期的新学教育对茅盾还是有很大影响的，在一定程度上使他受到资产阶级科学、民主思想的熏

① Рудман В. Писатель китайской революции (МаоДунь — ШэньЯньбин)　— Литер, современник, 1936, №5, с.58.

陶，削弱了封建思想的影响。 正如这位研究者发现，“除此之外，茅盾的父亲并不禁止幼小的沈雁冰看小说，他认为看看闲书也可以明白道理。因此茅盾从小时候起，就读过《西游记》《三国演义》《七侠五义》之类的小说”[①]。阅读古典书籍使他从小就爱好文学，并积淀了一些文学功底。

父亲病逝之后，母亲承担了教育的重任。茅盾的母亲出身于一个医生家庭。她年轻的时候就是一位有才干，有见识，知书达理的女子。她从小就接触中国古典文学，并曾经讲过《西游记》的片段给茅盾听，对引导幼年的茅盾爱好文学起到了一定的作用。丈夫病逝之后，他们的家境并不富裕，而封建大家族的环境又十分守旧，但是她冲破了种种阻碍，把丈夫剩下来极其有限的财产用于孩子的教育 。弗·鲁德曼甚至认为如果没有母亲的坚持，茅盾和弟弟是不可能接受高等教育的。

弗·鲁德曼还指出在沈雁冰八岁进入小学之后，他的老师沈鸣谦对沈雁冰产生了极大的影响。“沈鸣谦是一位学者，他知识渊博、博览群书，他在中国较早地拥护维新革命，是康有为、梁启超较早的拥护者”[②]，具有激进思想的沈鸣谦的课本里都是一些论富国强兵之道的论文或史论，他不仅教给学生写文章的方法，而且还阐发民主主义思想 。

弗·鲁德曼的总体观点是家庭教育的耳濡目染使幼小的沈雁冰受到了不同于中国传统的新型西式教育，较早地接触了科学和先进思想。从小阅读中国古典书籍，为他打下了日后创作的基础，而一个具有维新思想的老师使作家从父母那里受到的教育得到了深化和加强，启迪了他的民主主义思想。

除了家庭教育因素，弗·鲁德曼将中国古典文学作品《红楼梦》和俄

---

① Перед рассветом. Роман. Пер. Хо Фу и В. Рудмана. (Предисл. В. Рудмана). Л., Гослитиздат, 1937, с.15.

② Рудман В. Писатель китайской революции (МаоДунь — ШэньЯньбин) — Литер, современник, 1936, № 5, с.157.

罗斯著名作家托尔斯泰对茅盾创作的影响进行了浅尝辄止的分析。

（二）中国古典文学作品《红楼梦》对茅盾的影响

在弗·鲁德曼的文章中两次提到《红楼梦》影响着茅盾的创作。第一次是在分析作品《蚀》时，“在《蚀》中，章秋柳是与众不同的女子，她性感妩媚，有些放荡，但同时她也具有旺盛的生命力。她多次试图用性爱去挽救一个绝望男人的自杀，与之对比下的史循则毫无生机，这样对比的结果显露了章秋柳的女性魅力。”[①] 弗·鲁德曼赞赏茅盾笔下的女性形象所呈现出的魅力，并认为茅盾对女性形象的赞美源于对《红楼梦》的接受。研究者看到《红楼梦》中描写了大量的女性形象，她们美丽、真诚，是比同时期男人更具魅力的形象，而茅盾在创作中给予女性如此多的正面描绘，正是他学习《红楼梦》的具体体现。弗·鲁德曼认为作家十分敏锐地发现女性身上的美，并用细腻的手法表现在作品中。除此之外，弗·鲁德曼指明长篇小说《子夜》受到了《红楼梦》的深刻的影响：《红楼梦》把封建地主阶级乃至整个封建社会的情形浓缩在一个家庭里，通过一个家庭内部情况的解剖，揭示了封建阶级灭亡的历史命运，而茅盾的《子夜》表现了比《红楼梦》更为复杂的时代因素，描写了上海资产阶级以及工厂、农村、公债市场、都市码头等社会层面，但这许多东西都是围绕着吴公馆，这个吴公馆就是《红楼梦》中的大观园。 诚然，我们了解的《子夜》确是通过吴公馆内的种种情形的描写展现上海工业界的情况，通过吴家的盛衰境遇揭示民族资产阶级的命运，因而我们同意研究者弗·鲁德曼的观点：《子夜》在艺术处理上确实留有《红楼梦》的痕迹。

除了以上两种影响因素外，弗·鲁德曼还集中探讨了托尔斯泰对茅盾创作的影响。从五四运动走出来的作家无不受到外国文学的浸染，茅盾也不例外。该内容笔者在本章的第一节中已进行了叙述，在此不再重复。

---

① Перед рассветом. Роман. Пер. Хо Фу и В. Рудмана. (Предисл. В. Рудмана). Л., Гослитиздат, 1937, с.36.

弗·鲁德曼在早期的茅盾研究中，关注点集中于托尔斯泰对作家茅盾的影响。综上所述，俄罗斯学者弗·鲁德曼认为影响茅盾创作的因素有三点：童年教育、对中国古典文学名著《红楼梦》的接受和对俄罗斯著名作家托尔斯泰的借鉴，虽然研究有时不乏表面化的叙述，但作为俄罗斯茅盾研究的开创者，弗·鲁德曼的研究具有抛砖引玉的作用。

第七节　茅盾研究的缓慢发展

进入20世纪60年代以后，中苏关系已经开始恶化，到了20世纪70年代两国的关系更是出现了“视对方为最大威胁”的局面。除此之外，1966—1976年我国开始了“文化大革命”，而作为文化部部长的茅盾首当其冲。这些都在一定程度上影响了整个苏联汉学界对中国的研究步伐，其中也包括茅盾研究。但我们要指出的是，虽然受到了影响，但是20世纪70年代的苏联茅盾研究并不是毫无进展的，相反在这一时期出现了对茅盾具体作品更为深入的分析，这在一定程度上说明了茅盾在苏联汉学家心中的重要性。彼得罗夫在《才能与劳动——庆祝茅盾七十周年诞辰》一文中的一段话最能代表茅盾研究在苏联的状况：“茅盾的名字在苏联早已为人们所知晓。他的作品曾不止一次地被用俄文和苏联其他多民族的文字出版。茅盾的创作也吸引着苏联研究者的注意……苏联人民对茅盾的创作怀有很大的兴趣和尊敬。”①

进入20世纪80年代，中苏关系正常化。随着中苏经济贸易和文化交流日益密切，苏联汉学研究重现生机，汉学著作学术价值不断提升，引起

① 李岫：《茅盾研究在国外》，湖南人民出版社1984年版，第416页。

国际学术界的重视。但就在此时茅盾离开了我们。1981年3月27日凌晨5点55分茅盾（沈雁冰）因病医治无效在北京逝世，享年85岁。当时国内多家报刊在头版黑框的专栏中报道了这位中国现代文学巨匠的逝世。据统计，在接下来的几个月内，首都和其他各地大中型文学艺术期刊及各大院校学报相继发表悼念茅盾同志的回忆文章达150多篇。作为这样一位在国内外都享有崇高声望的作家、文学批评家和社会活动家，他的陨落在俄罗斯引起了巨大反响。著名汉学家索罗金立即在1981年4月8日的《文学报》上发表了题为《纪念茅盾》的文章。

"北京传来了八十五岁茅盾去世的噩耗，很难想象没有他——奋战了六十年的茅盾，中国文学的阵营会变成什么样子。"索罗金悲痛地说道，并谈及他对作家的印象："当二十世纪五十年代我开始酝酿写关于作家的专著时，很幸运地见到了他。在交谈中我眼前的这个人开始变得多面和复杂——他是艺术家、学者、社会活动家等等。"

索罗金首先回忆了茅盾的创作之路。"可能，其他的中国作家都不会像茅盾那样刻画出如此广阔的社会图景，如此性格迥异的几乎代表了中国所有社会阶层的人物群像。这些是茅盾20世纪30年代初创作的特点，也正是这一时期的作品——小说《子夜》《林家铺子》、农村三部曲等作品给作家带来了国际声誉。"汉学家非常准确地定位了这些作品的本质，索罗金说："和茅盾大部分的作品一样，这些作品中没有杂乱的矛盾和浪漫主义的热情，有的是对待生活的严肃、社会分析的深刻、传达时代精神的智慧。"除了创作，索罗金在文章中还提及了茅盾的社会活动。"茅盾创作的所有阶段都表现出对其他民族精神生活的兴趣，毫无厌烦地研究和宣传其他民族的美好文化。他对俄苏文学在中国的传播做出了巨大贡献，在不同时期对托尔斯泰、契诃夫和高尔基的作品进行研究。"除此之外，索罗金指出在中华人民共和国成立以后，茅盾在担任中国文化部部长期间经常以批评家和理论家的身份参加各种先进文化间的国际交流，访问多个国家，其中也包括苏联，促进了中华人民共和国时期中苏文化交流。汉学家实事求是地叙述着茅盾不同时期的状态，“最后一次见到茅盾是在1962年的北京。两年之后他辞去了文化部部长一职。作家的名字消失在大众的视野。只有在某些大型活动开幕式的出席人员名单上才可以知道，他还活着。”“1979年茅盾当选了全国文联名誉主席、中国作家协会主席，而后茅盾的主要活动集中于宣传中国现代文学发展现实主义传统的必要性。”除此之外，索罗金认为茅盾及其作品广泛流传于国内外，苏联的读者在20世纪30年代中期就与他的作品相识。从那时起，茅盾的作品多次被翻译成俄文和苏联其他民族的语言。这位汉学家坚信，茅盾的作品仍然会有广大的读者群体，因为“他们可以在作品中找到伟大民族在艰难困苦时代生活的艺术图画”。从整篇文章中我们体味到了作为一个异域研究者，索罗金已深刻意识到了茅盾在中国现代文学中的重要地位，同时也指明了苏联汉学界也非常关注这位伟大的人物，并为他的离开深感惋惜。

茅盾去世之后，在苏联汉学界这样的文章还有很多，我们只是选取了其中的一篇，因为它的作者——索罗金，是最为熟悉茅盾和他的作品的，他的评价更为真实且具有说服力。

在茅盾逝世五年之后，中国作家协会举办了纪念茅盾90周年诞辰的活动，索罗金参加了这次活动并发言，在发言中他高度评价了茅盾的创作及其社会活动，并特别指出了茅盾对俄苏文学在中国宣传所做出的贡献：“得益于茅盾的翻译活动，中国读者较早地接触到了我国优秀的作家和他们的作品。”同一时间在莫斯科也举办了纪念茅盾90周年诞辰的活动。塔斯社称：“茅盾在自己的作品中书写了中国人民为民族和社会解放进行的斗争，并对中苏两国的文化联系、友好关系做出了巨大贡献。苏联珍惜并铭记他的活动”等。无论是从茅盾刚刚离开时的追悼，还是对他诞辰90周年的追思，我们都可以看出，茅盾俨然已经成为苏联汉学界关注的中国的一部分，他的大师地位已经确立。

1991年至今的俄罗斯汉学界对茅盾的关注甚少，不得不说在一定程度上茅盾研究在俄罗斯已是明日黄花。对于这一状况产生的原因，笔者认为是多方面的。

苏联解体带来的是社会的转型和体制的变迁，社会思想和社会价值走向多元化，苏联时期的路线、方针、政策以及学术思想被全面反拨。学术界逐渐摆脱苏联时期官方意识形态束缚的消极影响，研究者们开始寻找新的研究课题，开拓新的研究方向和研究领域，这在一方面促进了俄罗斯学界研究成果丰富和繁荣，却也使得苏联时期普遍关注的课题受到冷遇。与此同时，在文化快餐化时代，面对电视、网络等现代传播媒介的挤压，文学作品的社会教化功能急剧削弱，因而崭新的俄罗斯时代对中国文学的研究远远没有苏联时期繁荣，与20世纪50—60年代的热潮相比更是天壤之别，就是与同期的俄罗斯汉学其他学科的研究相比，都相距甚远，对中国现当代文学的关注更是少之又少。《苏联解体之后的俄罗斯中国学研究》中关于1991年俄罗斯学界中国现代文学的研究成果综述显示，只有少数几位作家和戏剧家如田汉、艾青和萧红等在汉学家们的研究视野之中。罗季奥诺夫（А. Родионов）在给李逸津的信中写道："现在我国读者对中国文学还存在一些偏见，觉得它有很强的政治性，但这种文学的时代早就过去了。"

俄罗斯学界对茅盾长达九十年的研究历程呈现出三个显著特征：一是研究持续时间长，自1934年首译《春蚕》起延续至今，这种持久关注在世界中国现代文学研究中实属罕见；二是研究范围广，几乎涵盖茅盾所有重要作品，从《蚀》三部曲到《子夜》《林家铺子》等均有涉猎；三是研究视角多元，经历了从社会历史批评到形式美学分析，再到文化研究的范式演进。这种持续、全面而深入的研究，不仅确立了茅盾在俄罗斯中国文学研究中的经典地位，更展现了中俄文学交流的深度与广度，为跨文化研究提供了宝贵范例。

结论

俄罗斯的茅盾研究风格与特色回眸

一、对茅盾的多身份考察

作为20世纪我国现代思想文化运动中一位卓越的先驱者、文学家、社会活动家和翻译家，茅盾的身份和成就是多方面的。因而，对他的研究也应该是从多角度进行的。值得欣慰的是，进入20世纪50年代，苏联汉学界对茅盾的研究出现了多声部共鸣的局面。首先，汉学家们认识到了茅盾的多重身份。除了对其名著、名篇与创作道路、文学成就的分析评论外，一个经历过挫折但却从未停止过脚步的文艺理论家的标签也被贴到了茅盾身上。多篇涉及茅盾文艺批评的文章发表，如：1954年乌利兹卡亚为《茅盾短篇小说集》所作的序言、罗果夫（В. Рогов，1906 — 1988）的《论茅盾》（«Мао Дунь»）（1956）、费德林介绍作家的小册子《茅盾》（«Мао Дунь»）（1956）和《茅盾 —— 纪念作家六十岁生日》（«Мао дунь. К шестидесятилетию писателя»）（1957）、利希查《论茅盾》（«Мао Дунь»）（1956）和长篇文章《茅盾的创作道路》（1959）以及索罗金的专著《茅盾的创作道路》（1962）等等。但略显不足的是，苏联学界未将茅盾一生的文艺批评观点予以详尽论述，而是将精力主要集中于茅盾文艺批评生涯中最活跃、最有建树的时期：新文学初期（1916 — 1931），呈现了茅盾从“为人生”到“为无产阶级”的整体文艺观流变。

二、对作品中时代性的高度关注

中国现代文学是在20世纪中国社会大动荡和世界文学潮流汹涌激荡的历史背景下产生的，作为“发言人”的茅盾总是用笔触触摸时代最敏感的神经，感知社会的根本和民众的心灵，用艺术的形式表现出时代的波澜壮阔。这正是汉学家们的兴趣所在。20世纪50年代主要有两位汉学家研究茅盾 —— 费德林和利希查，他们共处于苏联汉学的氛围之下，虽然研究角度有所不同，但对茅盾的接受在某些方面是一致的，即茅盾创作中的时代性。费德林称：“茅盾的作品是本世纪中国20年代和30年代初社会生活独特的百科全书。大概没有一个中国作家像茅盾一样，展现了中国当代社会如此广阔的画面，描绘了如此众多的现实人物群像，提出了这么多的社会问题。”① 费德林从作家创作题材的选择入手，宏观评述了其作品中鲜明的时代特色。较之于费德林评述的恢宏，利希查则更为微观细腻。他的文章集中于茅盾刻画人物的时代性和人物命运的时代性。在利希查看来，茅盾笔下的人物无论是资产阶级、新型女性还是新农民，他们的能力都是不够强大的，时代的局限性注定了他们悲剧的结局。与此同时，他们经历了当时中国社会的不同发展阶段，时代的特性也深深地在他们性格形成的过程中留下了烙印。两位汉学家从不同的角度解读作品，用大量笔墨论述了创作的核心要义 —— 时代性。他们的观点是苏联汉学的缩影，浓缩了其最感兴趣的话题。

① Федоренко Н. Т. Встречи с китайскими писателями. – Новый мир, 1954, № 9, с.197.

三、创作研究局限于名篇小说

作家是茅盾的第一文学身份，但俄罗斯汉学家眼中的茅盾更像是一位“小说家”，较多地关注他的名篇小说。而事实上，除了小说，茅盾的创作还涵盖文学的多个领域，如在散文领域，他创作了《白杨礼赞》《风景谈》等高质量的散文作品，成就仅次于鲁迅；在戏剧领域，茅盾很早就开始关注戏剧的发展，在《小说月报》等刊物上介绍外国戏剧、戏剧家和戏剧思潮，并形成自己的一套明确的戏剧理论体系。但到目前为止，俄罗斯汉学界还未将散文、戏剧等其他体裁的创作作为研究课题。要知道，在小说、散文、戏剧，甚至儿童文学之间交错创作也是茅盾作为作家的另一重要特征。虽然俄罗斯汉学家为后世研究者提供了一定的挖掘空间，但同时也无疑造成了研究的片面性和局限性。

四、偏重于社会历史分析

苏联时期的学者对中国文学的研究注重作家与人民、时代的关系，在研究方法上偏重于社会历史分析。这一研究方法是由俄罗斯传统的现实主义历史渊源以及苏联时期社会主义、现实主义的文学追求所决定的。借助这种研究方法，作家的原貌得以全面地体现。如，苏联汉学家弗·鲁德曼将茅盾称为“革命作家”，并在其文章中深刻剖析了茅盾如何在新文化运动、俄国社会主义革命、五四运动和两次国内革命战争的影响下不断地成长。这位汉学家叙述茅盾在革命浪潮中的发展转变，真实细致地还原了茅盾。又如，俄罗斯学者们从本源探究影响茅盾创作的相关因素，在社会历史研究方法的指导下，甚至从茅盾的童年开始进行考察，从其父亲、母亲和教师入手，发掘影响其创作的一切可能性。这种对研究对象历史全方位寻访的手段是整个俄罗斯汉学界严谨科学的治学态度的集中体现，也是使俄罗斯茅盾研究逐渐丰满的重要手段。但在珍视汉学家研究成果的同时，我们也不得不指出苏联汉学研究的局限性。社会历史性研究方法过多地关注作家所处的时代和社会、他所接受的文学传统、社会生活的特点、同时代人对他的影响，以及他对后代的影响等，大量的政治局势和社会变革都进入了他们的研究视野，论述角度极为宽泛，从而不免有过于宏观、主线不明等问题出现。

俄罗斯的茅盾研究是普通的，因为研究者毫无例外地以茅盾及其作品为依据展开研究；但它又是独特的，因为它发轫、发展和定型于俄罗斯这个与中国完全不同的国度，国外研究者以不同的知识体系和文化背景，对茅盾进行了另一番审视，而对这些审视的斟酌势必为我们提供一份参照，丰富我们对茅盾创作的文化认知，乃至拓展我们的茅盾研究视域。这也正是我们应该深入挖掘分析的意义之所在。

参考文献

一、茅盾作品的俄译本

[1] Весенний шелк. Пер. Н. Некрасова. — Интерн. литература, 1934, №3–4, стр. 310–320.

[2] Перед забастовкой. Из романа «Рассвет». Пер. А. Ивина — Молодая гвардия, 1934, № 5, стр. 120–130.

[3] Мятеж. (Глава из романа «Рассвет»). Пер с англ. Пухова. — Интерн. литература. 1935, № 5, стр. 58–64.

[4] Колебания. Роман. Пер. С. Сина. Под ред. Б. А. Васильева и В. Г. Рудмана. Л., Гослитиздат, 1935. 256 стр.

[5] Мятеж. (Глава из романа «Рассвет»). Пер. (с англ.) Пухова. — Весенний шелк. Пер. не указан. В кн.: Китай. Литературный сборник. [Харьков], 1936, стр. 42–91.

[6] Перед рассветом. Роман. Пер. Хо Фу и В. Рудмана. (Предисл. В. Рудмана). Л., Гослитиздат, 1937, 653 стр.

[7] Лавка семьи Линь. Пер. И. Ошанина. В кн.: Китайские рассказы. М., 1944, стр. 38–78.

[8] Перед рассветом. Роман. Сокращ. пер. и предисл. В. Рудмана. М., Гослитиздат, 1952. 484 стр.

[9] Весенние шелкопряды. — Магазин господина Линя. Пер. В. Рудмана. 242 в кн.: Рассказы китайских писателей. М., 1953, стр. 173–251.

[10] Рассказы. Пер. В. Рудмана. (Под общ. ред. Н. Т. Федоренко. Предисл. Л. Урицкой). М., Гослитиздат, 1954. 144 стр.

[11] Весенние шелкопряды. Пер. В. Рудмана. В кн.: Рассказы китайских писателей. М., 1955, стр.150–219.

[12] Лавка Линя. Рассказы. Пер. В. Рудмана. М., Правда, 1955, 88 стр.

[13] Сочинения в 3–х томах. Пер. с китайского. Сост., вступ. статья и общ ред. Н. Т. Федоренко. М., Гослитиздат, 1956.

[14] Избранное. (Вступит, статья, сост. и общ. ред. Н. Федоренко. Предисловие автора к рус. изд.). М., Госполитиздат, 1955, 696 стр.

[15] Перед рассветом. Перевод с китайского В. Рудмана и Л. Урицкой. М., Гослитиздат, 1959, 517 стр.

[16] Рассказы. перевод с китайского Л. Урицкой. М., Гослитиздат, 1960, 61 стр.

[17] Распад. Пер. С. С. Иванько. М., Худож. лит., 1968, 223 стр.

[18] Распад. Роман; Рассказы: Пер. с кит. В. Сорокина. М., Худож. лит., 1972, 332 стр

[19] Избранное. пер. с кит./Сост., вступ. ст. В. Сорокина. Л., Худож. лит., 1990, 544 стр.

二、俄文参考文献

[1]Аджимамудова В. С. Юй Дафу и литературное общество

«Творчество». М., 1971.

[2]Алексеев В. М. Наука о Востоке. М., 1982.

[3]Академия наук СССР. Литература и искусство КНР 1976–1985. М., 1989.

[4]Весенний шелк. Пер. Н. Некрасова. — Интерн. литература, 1934, № 3–4, стр. 310–320.

[5]Георгиевский Сергей. Важность изучения Китая. Спб., 1890.

[6]Горелов В. И. Некоторые наблюдения над описаниями природы в романе Мао Дуня «перед рассветом», литература и культура Китая(сборник статей к 90–летию со дня рождения академика Василия Михайловича Алексеева), стр.331–335

[7]Духовная культура Китая Энциклопедия в пяти томах. Т.3 М., 2008.

[8]Желоховцев А. Н. Литературная теория и политическая борьба в КНР. М., 1979.

[9]Лисица Б. Мао Дунь. — Иностр. литература, 1956, № 7.

[10]Лисица. Б. Я. Ранее творчество Мао Дуня. Советское китаеведение 1968, 3, стр. 72–86.

[11]Лисица. Б. Я. Творческий путь Мао Дуня. Писатели стран народной демократии сб.статей. вып.3., М., 1959 .

[12]Лисица Б. Я. Мао дунь и проблема реализма в китайской прозе двадцатых–тридцатых годов. М., 1968, Теоретические проблемы изучении литератур дальнего востока. Тезисы докладов третьей науч. конференции. Ленинград. стр. 27–29.

[13]Лисица Б. Я. Японские критики о творчестве Мао Дуня. Теоретические проблемы изучении литератур дальнего востока. Тезисы докладов iv науч. конференции. Ленинград. 1970. М., 1970 стр. 29–31.

[14]Лисица Б. Я. Горький в творчестве Мао Дуня. Теоретические проблемы изучении литератур дальнего востока. Тезисы докладов пятой науч. конференции. Ленинград. 1972. М.,1972, стр. 21–23.

[15]Лисица Б.Я. Женские образы в творчестве Мао Дуня. Теоретические проблемы изучении литератур дальнего востока. Издательство наука главная редакция восточной литературым.,1974, стр. 36–40.

[16]Литература искусство КНР 1976–1985. Ответственный редактор Сорокин В. Ф. М., Наука.1989.

[17]Мао Дунь. (Биографическая справка). — Интерн, литература, 1937, № 11, стр.185. (Антифашистские писатели мира).

[18]Мао Дунь. (Краткая биографическая справка). В кн.: Китайские рассказы. [М.,1944], стр.147–148.

[19]Мао Дунь. В кн.: Большая советская энциклопедия. 2 изд., т.26. М., 1954, стр.243.

[20]Надеев И. М. «Культура революция» и судьба китайской литературы. М., 1969.

[21]Никольская Л. А. К проблеме литературной иидейно-политической борьбыв Китае 60–х годов. Вестнтик московского университета. 1975. № 1. стр.49–58.

[22]Петров Н.А. Новая и новейшая литература Китая. М., 1940.

[23]Петров В. Талат и труд. М., 1966. Литературная газета 24 сент.

[24]Плышевский Ю. Проницательный художник. — Советский Казахстан, 1955, № 2, стр.111–114.

[25]Прушек Я. Несколько слов о книгах Мао Дуня. Иностранная литература, 1959, № 10, с.155–157.

[26]Рогов В. МаоДунь. — Знамя, 1956, № 7, стр.174–182.

[27]Рудман В. Писатель китайской революции (МаоДунь — ШэньЯньбин) — Литер, современник, 1936, № 5, стр.154–164.

[28]Рудман В. Энциклопедия китайской жизни. — Книжные новости, 1937, № 8, стр.34–35.

[29]Серебряков Е., Родионов А., Родионова. Справочник по истории русской литературы Китая (XII в. До н.э. – начала XXI в.). М.,2005.

[30]Сорокин В. Эйдлин. Китайская литература. М., 1962. с.130.

[31]Сорокин В. Творческий путь МаоДуня. М., 1962. Издательство восточной литературы.

[32]Сорокин В. Художник и время. 1972 М., Художественная литература стр.3–16.

[33]Сорокин В. Большая жизнь Мао Дунь избранное. Ленинград., 1990, художественная литература, ленинградское отделение.

[34]Скачков П. Е. Библиография Китая. Издательство восточной литературы. М., 1960.

[35]Федоренко Н. Т. Китайская литература. 1956.

[36]Федоренко Н. Т. Китайские записи. М., 1958.

[37]Федоренко Н. Т. Мао Дунь. М., Знание, 1956. 31стр.

[38]Федоренко Н. Т. Встречи с китайским и писателями. — Новый мир, 1954, № 9, стр.177–208.

[39]Федоренко Н. Т. Китайские записи. М., Советский писатель, 1955, 536 стр. О МаоДуне стр.385–410.

[40]Федоренко Н. Т. Очерки современной китайской литературы. Гослитиздат, 1953, 256стр.

[41]Федоренко Н.Т. Мао Дунь. В кн.: Мао Дунь. Лавка Линя. М.,

1955, стр.3–6.

[42]Федоренко Н.Т. Мао Дунь. В кн.: Мао Дунь. Избранное. М., 1955, стр. 3–16.

[43]Федоренко Н. Т. МаоДунь. В кн.: Мао Дунь. Сочинения в 3–х томах, т.1, стр.7–31.

[44]Федоренко Н. Т. Китайская литература. М., Гослитиздат, 1956. 730 стр. О МаоДуне стр.557–590.

[45]Федоренко. Н. Т. Мао дунь (к шести десяти летию писателя). Восточный альманах (сборник) выпуск1. Государственное издательство художественной литературы москва 1957.

[46]Эйдлин Л. Мао Дунь. К выходу в свет первого тома сочинений. — Литер, газета, 11/IX 1956.

[47]Эйдлин Л. Роман МаоДуня. Иностранная литература 1969 №9.

三、主要中文参考文献

[1]茅盾：《茅盾全集》（第1—40卷），《茅盾全集》编辑委员会编辑，人民文学出版社1984—2001年版。

[2]艾晓明：《中国左翼文学思潮探源》，北京大学出版社2007年版。

[3]毕玲蔷：《茅盾与高尔基》，见《茅盾研究》第三辑1988年版。

[4]陈建华主编：《中国俄苏文学研究史论》（第1—4卷），重庆出版社2007年版。

[5]曹顺庆主编：《比较文学概论》，中国人民大学出版社2011年版。

[6]陈顺馨：《社会主义现实主义理论在中国的接受与转化》，安徽教育出版社2000年版。

[7]陈幼石：《茅盾〈蚀〉三部曲的历史分析》，社会科学文献出版社

1993年版。

[8]丁柏铨:《茅盾早期思想新探》，南京大学出版社1993年版。

[9]丁帆:《重回“五四”起跑线》，人民文学出版社2004年版。

[10]丁亚平:《一个批评家的心路历程》，上海文艺出版社1990年版。

[11]杜进主编:《跨文化视野中的比较文学》，安徽人民出版社2009年版。

[12]冯光廉等主编:《多维视野中的鲁迅》，山东教育出版社2001年版。

[13]傅国涌:《1949年：中国知识分子的私人记录》，长江文艺出版社2005年版。

[14]复旦大学中国文学批评史研究室编、王永生主编:《中国现代文论选》(第二册)，贵州人民出版社1984年版。

[15][德]黑格尔:《美学》，朱光潜译，商务印书馆1979年版。

[16]何培忠主编:《当代国外中国学研究》，商务印书馆2006年版。

[17]黄候兴:《茅盾——“人生派”的大师》，山东人民出版社1996年版。

[18]黄曼君主编:《中国近百年文学理论批评史：1895～1990》，湖北教育出版社1997年版。

[19]胡文仲:《跨文化交际学概论》，外语教学与研究出版社1999年版。

[20]金冲及:《二十世纪中国史纲》，社会科学文献出版社2009年版。

[21]孔范今主编:《二十世纪中国文学史》，山东文艺出版社1997年版。

[22]李标晶、王嘉良主编:《简明茅盾词典》，甘肃教育出版社1993年版。

[23]李标晶:《茅盾文体论初探》，厦门大学出版社1991年版。

[24]李广德:《一代文豪:茅盾的一生》,上海文艺出版社1988年版。

[25]李明滨:《中国文学在俄苏》,花城出版社1990年版。

[26]李明滨:《俄罗斯汉学史》,大象出版社2008年版。

[27]李岫:《茅盾研究在国外》,湖南人民出版社1984年版。

[28]李逸津:《当前俄罗斯汉学视野中的中国当代文学》,天津师范大学学报(社会科学版),2007年第6期,第65–68页。

[29]李逸津:《两大邻邦的心灵沟通:中俄文学交流百年回顾》,黑龙江人民出版社2010年版。

[30]刘宓庆:《翻译与语言哲学》,中国对外翻译出版公司2001年版。

[31]刘勇、张驰编:《茅盾作品新编》,民人文学出版社2010年版。

[32]刘勇:《中国现代文学的心理学研究》,北京大学出版社2006年版。

[33]柳若梅:《沟通中俄文化的桥梁:俄罗斯汉学史上的院士汉学家》,外语教学与研究出版社2010年版。

[34]罗钢:《历史汇流中的抉择:中国现代文艺思想家与西方文学理论》,中国社会科学出版社2000年版。

[35]龙协涛:《文学解读与美的再创造》,台湾时报文化出版企业有限公司1992年版。

[36]陆文采、王建中:《时代女性论稿》,沈阳出版社1993年版。

[37][美]雷·韦勒克、[美]奥·沃伦:《文学理论》,刘象愚等译,生活·读书·新知三联书店1984年版。

[38]罗宗义:《茅盾文学批评论》,厦门大学出版社1991年版。

[39]全国茅盾研究学会:《茅盾研究论文选集》,湖南人民出版社1983年版。

[40]《茅盾与中外文化》编辑组编:《茅盾与中外文化》,南京大学出版社1993年版。

[41]茅盾:《茅盾论创作》,上海文艺出版社1980年版。

[42]茅盾:《我走过的道路》(第2版),人民文学出版社1997年版。

[43]欧家斤:《茅盾评说》,学林出版社1997年版。

[44]彭克巽主编:《苏联文艺学学派》,北京大学出版社1999年版。

[45]瞿秋白:《瞿秋白文集:文学编》(第二卷),人民文学出版社1986年版。

[46]邱文治、韩银庭编著:《茅盾研究六十年》,天津教育出版社1990年版。

[47]任继愈:《汉学的生命力》,见《国际汉学》(第1辑),商务印书馆1995年版。

[48]邵伯周:《茅盾的文学道路》,长江文艺出版社1979年版。

[49]邵伯周:《茅盾评传》,四川文艺出版社1987年版。

[50]史瑶、王嘉良、钱诚一、骆寒超:《茅盾文艺美学思想论稿》,杭州大学出版社1991年版。

[51]孙中田、查国华编:《茅盾研究资料》,中国社会科学出版社1983年版。

[52]孙中田:《论茅盾的生活与创作》,百花文艺出版社1980年版。

[53]孙中田、查国华编:《中国现代文学史资料汇编(乙种):茅盾研究资料》(三卷),中国社会科学出版社1983年版。

[54]唐金海、孔海珠:《中国当代文学研究资料:茅盾专集》(两卷四册),福建人民出版社1983年版。

[55]唐金海、刘长鼎主编:《茅盾年谱》,山西高校联合出版社1996年版。

[56]陶东风主编:《知识分子与社会转型》,河南大学出版社2004年版。

[57]万树玉、李岫编:《茅盾和我》,中国广播电视出版社1996年版。

[58]王彬彬:《风高放火与振翅洒水》,人民文学出版社2004年版。

[59]王秉钦:《文化翻译学》,南开大学出版社1995年版。

[60]王福湘:《悲壮的历程——中国革命现实主义文学思潮史》,广东人民出版社2002年版。

[61]王嘉良:《茅盾小说论》,上海文艺出版社1989年版。

[62]王嘉良主编:《茅盾与二十世纪中国文化》,天津人民出版社1997年版。

[63]史瑶主编:《中国革命与茅盾的文学道路》,杭州大学出版社1991年版。

[64]王丽丽:《在文艺与意识形态之间:胡风研究》,中国人民大学出版社2003年版。

[65]王荣华、黄仁伟主编:《中国学研究:现状、趋势与意义》,学林出版社2007年版。

[66]王喜绒等:《20世纪中国文学的跨学科研究》,中国社会科学出版社2004年版。

[67]温奉桥编:《现代性与20世纪中国文学》,中国海洋大学出版社2004年版。

[68]温儒敏:《中国现代文学批评史》,北京大学出版社1993年版。

[69]吴福辉、李频编:《茅盾研究与我》,华夏出版社1997年版。

[70]谢天振:《比较文学与翻译研究》,复旦大学出版社2011年版。

[71]谢天振:《译介学导论》,北京大学出版社2007年版。

[72]许道明:《中国现代文学批评史新编》,复旦大学出版社2002年版。

[73]许纪霖编:《二十世纪中国思想史论》(上、下),东方出版中心2000年版。

[74]许惟贤、王相宝主编:《当代海外汉学研究》,江苏人民出版社

1997年版。

[75]阎国栋:《俄国汉学史：迄于1917年》，人民出版社2006年版。

[76]阎国栋:《俄罗斯汉学三百年》，学苑出版社2007年版。

[77]杨春时:《百年文心：20世纪中国文学思想史》，黑龙江教育出版社2000年版。

[78]严复:《天演论·译例言》，见《严复文选：注释本》，百花文艺出版社2006年版。

[79][德]姚斯、[美]霍拉勒:《接受美学与接受理论》，周宁、金元浦译，辽宁人民出版社1987年版。

[80]杨健民:《论茅盾的早期文学思想》，湖南文艺出版社1987年版。

[81]余连祥:《茅盾作品中的浙北方言》，湖州师专学报，1994年第1期，第50–58页。

[82]杨守森主编:《二十世纪中国作家心态史：中国现当代作家“灵魂的历史”》，中央编译出版社1998年版。

[83]杨扬:《转折时期的文学思想：茅盾早期文学思想研究》，华东师范大学出版社1996年版。

[84]叶子铭:《论茅盾四十年的文学道路》，上海文艺出版社1959年版。

[85]叶子铭:《茅盾漫评》，百花文艺出版社1983年版。

[86]詹杭伦:《刘若愚融合中西诗学之路》，文津出版社2005年版。

[87]张隆溪:《比较文学研究入门》，复旦大学出版社2008年版。

[88]张西平主编:《国际汉学》，大象出版社2000年版。

[89]郑彭年:《文学巨匠茅盾》，新华出版社2001年版。

[90]郑也夫:《知识分子研究》，中国青年出版社2004年版。

[91]中国茅盾文学研究会编:《茅盾与二十世纪》，华夏出版社1997年版。

[92]钟桂松:《二十世纪茅盾研究史》，浙江人民出版社2001年版。

[93]钟桂松:《茅盾和他同时代的人》，河南人民出版社1993年版。

[94]周海波:《中国现代文学批评史论》，上海人民出版社2002年版。

[95]周洪宇、但昭彬主编:《中外名家教育美文选（外国卷）》，湖北教育出版社2012年版。

[96]周景雷:《茅盾与中国现代文学》，中国社会科学出版社2004年版。

[97]朱德发、阿岩、翟德耀:《茅盾前期文学思想散论》，山东人民出版社1983年版。

[98]朱德发等:《20世纪中国文学理性精神》，上海人民出版社2003年版。

[99]朱晓进等:《非文学的世纪：20世纪中国文学与政治文化关系史论》，南京师范大学出版社2004年版。

[100]庄钟庆:《茅盾的文论历程》，上海文艺出版社1996年版。

[101]庄钟庆:《茅盾研究论集》，天津人民出版社1984年版。